AF176748

And into the forest I go to lose my mind and find my soul.

Und ich gehe in den Wald, um meinen Verstand loszulassen und meine Seele zu finden.

John Muir

Christoph-Maria Liegener

Der Wald wehrt sich

Ein utopischer Roman

Zweite Auflage

© 2020 Christoph-Maria Liegener

Herstellung und Verlag:
BoD – Books on Demand, Norderstedt
Cover-Bild: Shutterstock

ISBN:
9783751967761

Das Werk, einschließlich seiner Teile, ist urhe-
berrechtlich geschützt. Jede Verwertung ist
ohne Zustimmung des Autors unzulässig. Dies
gilt insbesondere für die elektronische oder
sonstige Vervielfältigung, Übersetzung, Ver-
breitung und öffentliche Zugänglichmachung.

FSC
www.fsc.org

MIX
Papier aus verantwortungsvollen Quellen
Paper from responsible sources
FSC® C105338

Inhalt

Vorwort

Diese Geschichte ist fiktiv. Es ist ein utopischer Roman, der in übertriebener Weise unserer Gesellschaft den Spiegel vorhält: gleichzeitig satirisch und prophetisch. Nichts davon ist wahr und doch enthält das Erzählte eine Wahrheit, die man nur entdecken muss.

Christoph-Maria Liegener

Der Waldmensch

Ein Schrei zerriss die Stille des Waldes. Die junge Frau, die geschrien hatte, wurde von einem stämmigen Mann zu Boden gerissen. Ihren kleinen Sohn, den sie an der Hand geführt hatte, ließ sie im Fallen los und rief ihm zu:

„Lauf weg! Versteck dich! Schnell!"

Der erschrockene Junge stand einen Augenblick wie erstarrt, dann rannte er los, so schnell er konnte und ohne anzuhalten.

Wie von Furien gejagt floh er ins Unterholz, lief, stolperte, lief weiter … und weiter. Er war noch nicht erfahren im Laufen und kam nicht schnell voran. Glücklicherweise wurde er nicht verfolgt, weil der Angreifer noch mit der Mutter des Jungen beschäftigt war.

So befolgte der Junge den letzten Wunsch seiner Mutter. Er hätte ihr nicht helfen können; sie verlor an diesem Tag ihr

Leben. Der Täter verscharrte ihren Leichnam im Wald.

Für den Täter war es das erste Mal, dass er mordete. Er würde später zum Serienmörder werden und noch viele Opfer finden. Was für ein Drama, dass wegen der psychischen Störung eines Menschen so viele andere sterben mussten! Hier hatte in einer Tragödie begonnen, was als Trauma den armen Jungen lange Zeit begleiten sollte.

Der entflohene Junge überlebte. Er war in den Wald gelaufen, immer tiefer und tiefer. Schließlich versteckte er sich im dichten Gestrüpp.

Er hatte schreckliche Angst und blieb im Wald versteckt, immer auf der Hut vor dem Mörder seiner Mutter.

Abends glaubte er die Stimme seiner Mutter im Wispern des Waldes zu hören. Die Geräusche des Waldes machten ihm nun keine Angst mehr – im Gegenteil der Wald beruhigte ihn. Seine Mutter war Teil dieses Waldes geworden. Wenn sie noch lebte, würde sie ihn hier finden. Wenn sie tot war, was er noch nicht wissen konnte, würde sie durch den Wald zu ihm sprechen. Was auch immer das Jenseits sein mochte, hier öffnete sich durch den Wald ein Tor zu jener Welt. Emotional hielt der Junge den Kontakt zu seiner Mutter. Objektiv gesehen schien er jedoch jetzt auf sich allein gestellt zu sein.

In seinem verstörten Zustand handelte er nicht rational. Alles um ihn herum machte ihm Angst. Es war aber nicht der Wald selbst, der ihn ängstigte, sondern die Befürchtung, böse Menschen könnten sich heranschleichen. Die Menschen waren die Bedrohung. Er zog sich immer mehr in die Tiefe des Waldes zurück. Der Wald wurde seine Welt.

Mit der Zeit lernte er zu überleben. Er ernährte sich von Beeren, Käfern, Würmern, Insekten und anderen kleinen Tieren, ja, auch Spinnen. Zum Schlafen bastelte er sich ein Lager aus Moos in einer kleinen Höhle.

So verbrachte er viele Jahre im Wald, versteckte sich vor den Menschen, die ohnehin selten genug derart tief in den Wald vordrangen.

Der Wald hatte die Elternrolle übernommen und behütete das kleine Kerlchen. Der Junge passte sich diesem Leben an und wurde ein Waldmensch.

Der Vermisstenanzeige

Eduard Oberhof machte sich Sorgen. Seine Frau war am Vormittag mit ihrem gemeinsamen Sohn zu einem Spaziergang in den Wald gefahren. Jetzt brach der Abend herein, es dunkelte und sie waren noch nicht zurück.

Diese Nacht konnte er nicht schlafen.

Am nächsten Morgen ging er zur Polizei. Man nahm seine Vermisstenanzeige auf und versprach, sich um die Sache zu kümmern. Alle Möglichkeiten wurden in Betracht gezogen. Es wäre immerhin möglich gewesen, dass die beiden entführt worden waren. Dagegen sprach nach einiger Zeit, dass keine Lösegeldforderungen eingingen.

Auch sonst gab es keine Spur.

Fotos der Vermissten erschienen in den Zeitungen, sogar im Fernsehen. Es gab keine hilfreiche Resonanz. Zwar hatten aufmerksame Spaziergänger die beiden noch im Wald gesehen, aber dann verlor sich ihre Spur. Eine aufwändige Suchaktion der Polizei im Wald im Umkreis der Sichtung führte schließlich zur Auffindung der Leiche der Mutter, vom Kind jedoch fehlte jede Spur.

Nach einer angemessenen Frist wurde die Akte geschlossen und Herr Oberhof war auf sich gestellt. Er engagierte einen Privatdetektiv, der weiterermittelte. Zwar zeitigte das vorerst keinen greifbaren Erfolg, aber man hatte doch wenigstens das Gefühl, etwas zu tun.

Die Auffindung

Mark und Julia waren Kollegen. Beide verrichteten ungefähr gleich lang den Polizeidienst. Sie hatten sich angefreundet und gingen zusammen auf Streife. Ihr Revier befand sich am Rande des Waldes und sie kontrollierten unter anderem öfter die Waldwege.

Eines Tages kamen sie zufällig in den Teil des Waldes, in dem der Waldmensch lebte, jener inzwischen erwachsen gewordene Junge, dessen Mutter seinerzeit im Wald umgebracht worden war. Die beiden Polizisten überraschten ihn. Er hatte keine Zeit mehr, sich zu verstecken.

Die Ordnungshüter waren nicht minder überrascht. Sie reagierten jedoch schnell und stellten den Waldmenschen. Dieser geriet in Panik, hatte er doch in ständiger Angst vor den Menschen gelebt. Die Polizisten redeten beruhigend auf ihn ein, als sie ihn unter Kontrolle brachten:

„Ist ja alles gut. Gut … gut … gut …"

Schließlich brachten sie ihn zur Feststellung seiner Personalien aufs Revier.

Zunächst war eine Verständigung nahezu unmöglich. Sie boten ihm zu Essen aus ihren Esspaketen an, zeigten darauf und sagten: „Gut!"

Während er aß, zeigten sie auf sich, nannten ihre Namen und fügten „gut" hinzu. Dann zeigten sie auf ihn und sahen ihn fragend an. Tatsächlich antwortete er und sagte:

„Gut!"

Offenbar kannte er seinen Namen nicht mehr.

Das Essen vertrug der arme Kerl überhaupt nicht. Sein Verdauungssystem war nicht auf Zivilisationsnahrung eingestellt. Die Dinge, die die normalen Menschen aßen, waren für ihn überhaupt nicht „gut". In der Tat bekam er Durchfall und erleichterte sich in der Ecke seiner Zelle. Als Mark die Bescherung bemerkte, rief er entsetzt aus:

„Das kann doch nicht wahr sein! Was hast du denn da gemacht?"

Der Waldmensch antwortete:

„Gut!"

„Nein, gar nicht gut. Ich werde dir wohl zeigen müssen, wie man das macht."

Und er unterwies ihn in der Benutzung einer Toilette. Der Waldmensch begriff zunächst nicht, dass es einen Unterschied zwischen einem Waschbecken und einer Toilette gab und wollte sich ins Waschbecken erleichtern. Er hatte im Wald immer sein Geschäft im Stehen verrichtet und hätte von seiner Größe auch mit dem Waschbecken kein Problem gehabt. Schnell hatte Mark es ihm anhand der Höhe erklärt. Als dann sein lernwilliger Schüler ein Urinal zum Händewaschen benutzen wollte, konnte Mark ihn gerade noch stoppen. Aller Anfang ist schwer.

Nun musste der Findling erkennungstechnisch erfasst werden. Fingerabdrücke und eine DNA-Probe wurden genommen, Fotos gemacht.

Ein Arzt wurde konsultiert und stellte fest, dass der Waldmensch um die neunzehn Jahre alt sein musste und sich bei guter Gesundheit befand.

Mit der Zeit kam bei dem verwilderten jungen Mann rudimentäre Erinnerungen an die menschliche Sprache zurück und er versuchte, sich zu verständigen, wobei er sehr undeutlich und mit einem gutturalen Knurren sprach.

Nach einer ersten Befragung wussten die Polizisten immerhin, dass er die letzten Jahre keinen Kontakt zu Menschen gehabt hatte und sich tatsächlich an seinen Namen nicht mehr erinnern konnte oder wollte.

Provisorisch gaben sie ihm daher den Namen „Kaspar Doe", einer Mischung aus dem Vornamen von Kaspar Hauser, der angeblich bis zu seiner Auffindung auch kaum mit Menschen gesprochen hatte, und dem Nachnamen von John Doe, der amerikanischen Bezeichnung für Personen mit unbekanntem Namen.

Sie behielten ihn zunächst einmal auf der Wache, wo sie ihn vorsichtshalber in einer Zelle unterbrachten. Kaspar tobte und wollte hinaus. Das wäre nun ganz gegen jegliche Vorschrift gewesen und er musste bleiben. Ein herbeigerufener Arzt gab ihm eine Beruhigungsspritze. Ein Psychologe, der ebenfalls hinzugezogen wurde, bescheinigte dem jungen Mann eine gesunde Psyche bei fehlender Sozialisation. Er prophezeite ihm eine vollständige Eingliederung in die Gesellschaft innerhalb von zwei Jahren.

Zu essen bekam Kaspar rohe Früchte und geringe Mengen an rohem Fleisch. Auf so etwas war sein Verdauungssystem eingestellt.

Sie besorgten ihm Kleidung, die er zuerst nicht wollte, weil sie ihn beengte: Trotzdem drängten die Polizisten ihn, sich zu bekleiden, wenigstens des Anstands halber. Das verstand Kaspar nun überhaupt nicht, aber er war zur Kooperation bereit. Er bekam weite Sportkleidung und Sportschuhe mit Klettverschluss.

Das funktionierte – bis auf die Aufgabe, zwei zueinander passende Schuhe zu finden. Julia machte ihn nach der Anprobe darauf aufmerksam, dass er zwei nicht zu-einander passende Schuhe trage.

„Aber wieso denn?", wollte Kaspar wissen. „Diese da sehen doch genauso aus", und er wies auf das „Paar" der beiden übriggebliebenen Schuhe. Julia ließ ihn gewähren: Wenn ihm die Schuhe in dieser Weise gefielen, gab es keinen Grund, anderes zu erzwingen. Zusammengehörige Schuhe zu tragen, war doch bloß eine Konvention und eine Zeit lang galt es ja sogar als modern, asymmetrische Schuhpaare zu tragen. Sollte Kaspar also machen, was er wollte.

Der Schlafplatz stellte indes doch ein Problem dar. Kaspar schlief nicht im Bett, sondern auf der Erde, wobei er den Geruch des Waldes vermisste. Seine Betreuer Mark und Julia brachten im schließlich Laub und Moos aus dem Wald, woraus er sich eine Schlafstelle baute.

Man sagte sich, dass es ja nur provisorisch sei. Irgendwann würde der junge Mann zivilisiert werden. Wie das gehen sollte, stand noch in den Sternen. Es war klar, dass er, sobald man ihn freiließe, wieder in den Wald zurückkehren würde.

Wäre das so schlimm? Den Vorschriften wäre ja schon Genüge getan, wenn er registriert wäre. Könnte man ihn dann nicht gehen lassen? Es war bizarr: Der Staat hatte eine gewisse Fürsorgepflicht für Kaspar übernommen. Alles musste jetzt geregelt werden, ob er wollte oder nicht.

Der Räuber

Eines Tages wurde ein Räuber auf frischer Tat ertappt und zu Kaspar in die Zelle gesperrt. Der Verbrecher erwies sich als redselig und verwickelte Kaspar bald in ein Gespräch. Er stellte sich als Hotte vor und erfuhr von Kaspar dessen Schicksal. Wie alt er denn sei, wollte Hotte von Kaspar wissen.

„Neunzehn Jahre und fünf Tage", antwortete Kaspar.

„Woher weißt du das so genau? Ich denke, du warst im Wald."

„Ja, aber vor fünf Tagen hat der Arzt mir gesagt, dass ich neunzehn Jahre alt sei."

Der Räuber grinste und verkniff sich einen Kommentar. Nach einer Weile begann er, von seinem Raub zu schwadronieren. Er hatte seinem Opfer eine Menge Geld geraubt und gab damit an.

Kaspar konnte nicht verstehen, warum man Gewalt aufwenden sollte, um jemand anderem bedrucktes Papier zu entwenden.

„Was willst du mit dem Papier?", fragte er neugierig.

„Das ist Geld. Dafür bekomme ich, was ich will", erklärte der andere.

„Aber was brauchst du denn?", wollte Kaspar wissen. „Wenn du Hunger hast, findest du doch überall etwas."

Hotte versuchte zu erklären, dass es Besseres gäbe als das, was man im Wald fände, konnte aber nicht begründen, warum man Besseres brauchen sollte. Es lief darauf hinaus, dass er im Lauf seines Lebens Begehrlichkeiten nach all den Dingen entwickelt hatte, die er um sich herum sah. Nachdenklich gestand er Kaspar zu:

„Wenn ich wie du im Wald aufgewachsen wäre, hätte ich wohl nicht getan, was ich getan habe."

„Und warum gehst du dann nicht in den Wald?"

„Weil ich von der Zivilisation verwöhnt bin."

Bald bekamen sie ihre erste gemeinsame Mahlzeit – jeder einen Kunststoffteller, Hotte mit Eintopf, Kaspar mit rohem Fleisch. Das Essen sollten sie am kleinen Zellentisch zu sich nehmen.

Kaspar, der das Essen am Tisch nicht gewohnt war stieß versehentlich Hottes Teller hinunter, so dass sich der Inhalt auf dem Boden verteilte.

„He, pass doch auf!", rief dieser wütend aus. Dann fegte er seinerseits Kaspars Teller vom Tisch.

„Wie du mir, so ich dir", fügte er noch hinzu.

Kaspar verstand nichts davon. Dass sie jetzt beide nichts zu essen hatten, das verstand er, aber nicht, warum Hotte auch seinen Teller hintergeworfen hatte. Sein eigenes Missgeschick bereute er doch und hätte Hotte auch gern von seinem Teller abgegeben.

Hotte erklärte es ihm mit Äsops Fabel vom Fuchs und dem Storch:

„Hör zu! Die Geschichte geht so: Der Fuchs hatte den Storch zum Essen eingeladen. Nur konnte der Storch nichts essen, weil der Fuchs alles in flache Schalen gefüllt hatte. Der Storch pickte mit seinem langen Schnabel darin herum, konnte aber nichts aufnehmen.

Ein paar Tage später lud der Storch den Fuchs ebenfalls zum Essen ein. Er hatte alle Leckereien in enghalsige Krüge gefüllt, in die er mit seinem langen Schnabel gut hineinkam, der Fuchs aber nicht.

Die Moral: Was du nicht willst, dass man dir tu, das füg auch keinem andern zu.

Übrigens wird nicht gesagt, dass der Fuchs den Storch mit Absicht ärgern wollte. Es könnte gut sein, dass er gar nicht auf die Idee kam, dass der Storch Schwierigkeiten mit dem Geschirr haben könnte, das er, der Fuchs, jeden Tag benutzte."

„Dann ist es aber ganz schön rachsüchtig von dem Storch, Gleiches mit Gleichem zu vergelten; denn er kannte ja nun schon die Schwierigkeiten, die falsches Geschirr bereiten kann", wandte Kaspar ein.

„Nein, so ist eben das Leben, so sind die Menschen", klärte ihn Hotte auf. „Besser, du findest dich beizeiten damit ab."

Religion

Aus seiner frühen Kindheit hatte Kaspar einen naiven Gottesglauben mitbekommen. Das ist der beste, den es gibt. So kniete er sich jeden Abend vor dem Schlafen auf den Boden und betete. Dabei murmelte er irgendwelche unverständliche Wortfetzen vor sich hin.

Der Psychiater meinte, hier könnte ein Anknüpfungspunkt für Kaspars Erinnerungen aktiviert werden und schlug vor, einen Pfarrer hinzuzuziehen. Dieser versuchte, Kaspar die Grundlagen des christlichen Glaubens beizubringen, wobei er auch die Bibel hinzuzog.

Hier gab es nun ein Problem. Kaspar hatte nicht die Fähigkeit, über offensichtliche Widersprüche hinwegzusehen. Er stieß sich daran, dass im ersten Johannesbrief steht: „Gott ist die Liebe" und dann andererseits im Matthäus-Evangelium: „Ich bin nicht gekommen, um Frieden zu bringen, sondern das Schwert!".

Der Pfarrer sprach lange, um den Widerspruch zu erklären. Man dürfe die Zitate nicht aus dem Zusammenhang reißen, mahnte er. Das Schwert sei nur metaphorisch gemeint und bedeute, dass man sich im Glauben entscheiden müsse.

„Aber das ist ja nicht die einzige Stelle, wo Gott nicht als die personifizierte Liebe erscheint", wandte Kaspar ein. „Im Buch Genesis wird erzählt, dass Gott Esau schon seit seiner Geburt gehasst haben soll. Ohne jeden Grund! Ist das ein liebevoller Gott? Später ruft Gott zum Völkermord an den Edomitern auf. Die Israeliten sollten sie alle töten, auch die Frauen und Kinder, ja sogar das Vieh. Und das nur, weil sie Nachkommen Esaus waren. Ist das ein barmherziger Gott?"

Kaspar hatte sich in Rage geredet. Das alles passte so gar nicht zu seinem Gottesbild eines liebevollen, fürsorglichen Gottes für die ganze Welt, zu diesem Bild, das er in seinen ersten Lebensjahren vermittelt bekommen hatte.

Hier tat sich der Pfarrer schon schwerer. Er wies darauf hin, dass dies Stellen des

Alten Testaments seien, die mit Jesus überwunden worden wären. Den Hass auf Esau und dessen Nachkommen müsse man aus der nachfolgenden Geschichte verstehen, in deren Verlauf die Edomiter mit den Israeliten verfeindet gewesen seien.

„Aber da geht es letztlich um Leben oder Tod! Das sind doch keine akademischen Fragen", protestierte Kaspar. „Wenn ich einem Edomiter begegne, muss ich schließlich wissen, ob ich ihn töten soll oder nicht."

„Heute gibt es keine Edomiter mehr", wandte der Pfarrer ein.

„Kein Wunder, wenn die ganze Welt auf Befehl Gottes hinter ihnen her war, um sie umzubringen!"

Kaspar war enttäuscht. Die langatmigen Ausführungen des Pfarrers hatten sich für ihn wie Kauderwelsch angehört. Damit kam er nicht klar. Er nahm die Worte der Bibel so, wie sie gesagt wurden. Daran zu deuteln, behagte ihm nicht. Es hieß doch auch: "Euer Ja sei ein Ja, euer Nein sei ein Nein. Alles andere stammt vom Bösen."

Kaspar bevorzugte klare Botschaften, verstand das Ganze nicht und hörte nicht mehr zu.

Wozu auch? Er hatte seinen Gott im Herzen und glaubte an ihn. Sein Bild war klar und benötigte keinen Experten, um erklärt zu werden. Gott war allmächtig und sorgte dafür, dass alles gut wurde. Um sich zu bedanken, betete er zu ihm. Das ganze Gerede der Theologen verwirrte ihn nur und komplizierte überflüssigerweise eine für ihn einfache Sache.

Da Kaspar kaum eine religiöse Erziehung genossen hatte, fragte er den Pfarrer, ob sein bisheriges Leben sinnlos gewesen sei. Der Pfarrer verneinte: Jedes Leben habe einen Sinn. Auch er, Kaspar, hätte ja eine Idee von Gott gehabt und Gott verehrt. Das allein gebe seinem Leben schon einen Sinn. Kaspar wollte wissen, ob das auch der Fall wäre, wenn er gleich nach seiner Geburt in den Wald gekommen wäre. Der Pfarrer meinte, dann wäre er wahrscheinlich an anaklitischer Deprivation gestorben. Wenn er aber doch überlebt hätte, hätte Gott sich ihm in der Natur gezeigt und Kaspar hätte ihn in der Natur verehrt.

So war es ja nun auch in seinem Fall gewesen. Er fühlte sich immer schon dankbar für die Natur. Er bekam nun bestätigt, was er schon immer empfunden hatte: Seine Dankbarkeit war eine Art Gebet gewesen.

Das verstand Kaspar und beschloss, bei seiner Art der Gottesverehrung zu bleiben. Im Licht der christlichen Katechese, die er nun genossen hatte, sah er seine hauptsächliche Aufgabe im Leben darin, Gutes zu tun und Liebe zu verschenken. Genau genommen, wäre ja das allein schon Gottesverehrung und könnte als wichtiger angesehen werden als fromme Worte.

Eine verrückte Welt

Die Polizisten sprachen viel mit Kaspar. Dieser, der sich anfangs nur undeutlich hatte artikulieren können, war mittlerweile richtig gesprächig geworden. Kaspar erwies sich als sehr interessiert an der neuen Welt, die er nun kennenlernte. Besonders die Nachrichten im Fernsehen faszinierten ihn.

Wieso führten die Menschen all diese Kriege. Warum begingen sie diese schrecklichen Attentate. Wozu der Terrorismus? Es ging doch um nichts! Alles nur hohle Worte! Wie konnte man sich nur wegen irgendwelcher Worte so aufregen?

Ihm fehlte jegliches Verständnis dafür. Essen, Trinken, Schlafen: Diese Dinge hielt er für wichtig. Das, was nur mit Sprechen zu tun hatte, konnte doch so wichtig nicht sein. Er hatte es nie gebraucht!

Er musste diese neue Welt für verrückt halten! Nie würde er sie verstehen, nie sich in ihr zurechtfinden, glaubte er.

So überkam ihn zuweilen blanke Verzweiflung. Dann aber packte ihn wieder die Neugier: So viel Interessantes gab es zu entdecken! Es überflutete ihn geradezu. Und vieles zeigte ihm, das es noch andere merkwürdige Schicksale gab, dass er nicht der einzige war, der nicht dem gewöhnlichen Bild entsprach.

Er erfuhr von den Hikikomori, jenen Japanern, die sich in ihre Wohnung zurückzogen und den Kontakt zu ihrer Umwelt auf Sachzwänge beschränkten, jedoch keinerlei soziale Interaktion pflegten, über keine Sozialisation verfügten. Die Zahl solcher Menschen stieg in letzter Zeit dramatisch an. Ihnen fühlte Kaspar sich seelenverwandt, nur mit der Einschränkung, dass er gar nicht wusste, was eine Sozialisation überhaupt sein sollte.

Was ihn noch mehr beeindruckte: Die Japaner hatten die positiven Effekte des Waldes auf die menschliche Psyche erforscht. Sie erfanden das „Shinrin Yoku", das Waldbaden, wörtlich „das Baden in der Waldluft". War es nicht das, was ihm all die Jahre so gutgetan hatte?

Siddhartha Gautama hatte seine Erleuchtung, durch die er zum Buddha wurde, bei der Meditation unter einem Baum erlebt. Kaspar fragte sich, ob seine Wechselwirkung mit dem Wald mit einer Meditation vergleichbar sei. Trat er nicht ebenfalls aus sich hinaus und wurde eins mit dem Wald?

Beeindruckend fand er auch, was er über die frühen Germanen lernte. Sie hatten in dichten Wäldern gelebt, in Einklang mit der Natur, hatten die Bäume ihren Göttern geweiht. So ähnlich hatte er sein Leben im Wald empfunden. Diese Lebensweise der Germanen war durch den Kontakt mit den Römern beendet worden, die ihnen die „Kultur" gebracht hatten. Kaspar fragte sich, ob das seinerzeit wirklich ein Fortschritt gewesen sei. Er persönlich fand das Leben der Germanen verlockender als das der Römer.

Insgesamt fühlte er sich in seiner Gefangenschaft nicht wohl. Er vermisste die Freiheit des Waldes. Juristisch hätte allerdings sein Einsiedlerdasein ein Problem dargestellt, hätte er es wiederaufgenommen. Als Mensch unterlag er den Kontrollmechanismen des Staates und auch der Wald gehörte zum Hoheitsgebiet des Staates.

Kaspar hätte also nicht einfach auf seine Staatsangehörigkeit verzichten und in den Wald zurückkehren können. Er hätte dann als staatenloser Flüchtling gelten müssen und wäre durch die staatlichen Integrationsprogramme geschleust worden.

So, wie es jetzt stand, hätte man ihn als schutzbedürftige Person bezeichnen können. Er bekam einen Betreuer zu Seite gestellt. Dieser sah es als seine Aufgabe an, zunächst dafür zu sorgen, dass Kaspar vernünftige Papiere bekam. Kaspar hatte kein Interesse daran, aber er bekam sie.

Dann ging es darum, ihm eine Beschäftigung zu ermöglichen. Es wurde ein Platz in einer Behindertenwerkstatt gefunden.

Da Kaspar durchaus intelligent war, gelang es ihm mit Leichtigkeit, die ihm übertragenen Aufgaben zu erledigen. Spaß hatte er nicht daran. Er fühlte sich unterfordert und die eintönigen Tätigkeiten gefielen ihm nicht.

Hinzu kam, dass er immer noch in seiner Zelle lebte und überwacht wurde. Erst wenn er vollständig in das normale Leben integriert wäre, würde man ihn freilassen. Würde es je dazu kommen? Mark und Julia bekamen Zweifel, ob das überhaupt der richtige Weg wäre.

Das Finanzamt

Es dauerte nicht lange, bis sich das Finanzamt bei Kaspar meldete: Er hätte bisher noch nie eine Einkommenssteuererklärung abgegeben und müsse wegen des Verzuges mit einem Bußgeld rechnen, wurde ihm mitgeteilt.

Die braven Polizisten hatten ihn längst behördlich gemeldet und das Finanzamt zögerte nicht, ihn sogleich als steuerpflichtig einzustufen. Mit dem Leben im Wald hätte er einen geldwerten Vorteil erlangt, hieß es, der als stillschweigende Vergütung einer landschaftspflegerischen Tätigkeit anzusehen sei. Dies hätte selbstverständlich versteuert werden müssen.

Eine junge Steuerinspektorin wurde abgestellt, um die Situation vor Ort zu klären. Sie setzte sich mit Kaspar gemütlich auf eine Bank im Wartebereich des Reviers und begann in Rücksprache mit ihm, Daten in ihren Laptop zu tippen.

Sie war außerordentlich attraktiv und Kaspar, der noch keine Erfahrungen mit dem anderen Geschlecht gemacht hatte, begann, erregt zu werden. Er versuchte, seine Erregung niederzukämpfen. Ein richtiger Kampf war es eigentlich nicht, da er seine Erregung gar nicht als Fehlverhalten sah. Ihn beeinträchtigte lediglich, dass ihn dieses Gefühl in seinem Versuch beeinträchtigte, den Worten der jungen Dame aufmerksam zu folgen. All sein Bemühen änderte jedoch nichts daran, dass er eine Erektion bekam. Unter seinen weiten Hosen zeichnete sie sich deutlich ab. Die Inspektorin konnte sie nicht übersehen.

Kaum hatte sie seinen Fauxpas bemerkt, verhaspelte sie sich mitten im Satz, schluckte hart, begann zu husten und verließ fluchtartig den Raum.

Sie rannte zu Mark und beklagte sich über das Geschehene. Dieser sah sie belustigt an und fragte:

„Und was soll ich jetzt machen? Soll ich ihm Eiswasser in den Schoß schütten? Versuchen Sie doch einfach, etwas weniger sexy zu wirken, und halten Sie Abstand!"

Die verwirrte junge Dame wurde rot. Sie ging auf die Damentoilette und wusch sich das Gesicht kalt ab. Dann kehrte sie zu Kaspar zurück, setzte sich aber jetzt auf einen Stuhl, den sie in gebührendem Abstand zu Bank aufstellte.

Fortan bemühte sie sich, Kaspar nicht mehr anzusehen und konzentrierte sich auf ihren Laptop.

Nach Aufnahme der Daten ließ sie ein Auswertungsprogram laufen und teilte Kaspar dann mit, dass die Forderung der Finanzkasse sich auf 2523 Euro und 67 Cent belaufe, die er fristgemäß zu zahlen habe. Darin sei allerdings noch nicht der Säumniszuschlag enthalten, der erst berechnet werden könne, wenn das Geburtsjahr des Steuerpflichtigen gerichtlich bestätigt worden sei. Er würde dann gesonderte Nachricht erhalten.

Kaspar hatte schon von einem Arzt eine Schätzung seines Alters gehört und fragte, wie man denn eigentlich so etwas mache und wie es dann noch offiziell sein könne.

Die Beamtin retournierte:

„Da gibt es vereidigte Sachverständige, Spezialisten, die das Alter anhand der Körperentwicklung sehr genau schätzen können. Wenn dann erst einmal ein Geburtsdatum amtlich festgestellt worden ist, hat das für alle Zeiten Gültigkeit. Sie bekommen sogar eine neue Geburtsurkunde ausgestellt. Dann müssen Sie zahlen."

Kaspar, der sich freute, wieder Blickkontakt bekommen zu haben, sah ihr offen in die Augen und sagte:

„Ich habe kein Geld."

„Dann müssen Sie Privatinsolvenz anmelden", erwiderte die Inspektorin eisig.

„Wozu denn? Ich brauche kein Geld."

Wie sich herausstellte, würde er doch Geld brauchen, nicht nur für die Steuerschuld, sondern auch für Nahrungsmittel, Kleidung, eine Krankenversicherung und viele weitere Dinge.

Er, der noch nie Geld gebraucht hatte, sollte jetzt zum Bittsteller werden und Sozialleistungen beantragen? Das sah er nicht ein.

„Dann lasst mich eben zurück in den Wald gehen", schlug er vor.

Aber auch das war jetzt nicht mehr so einfach. Er war registriert und erfasst, seine Herkunft und sein Status mussten geklärt werden. Mühsam erklärten ihm seine neuen Freunde von der Polizei die Situation.

Sie würden ihm aber bei all den zu stellenden Anträgen behilflich sein, ermutigten sie ihn.

Medien

Da Kaspar so viel fernsah, stellte man ihm als nächstes auch noch einen Computer in die Zelle. Lesen und schreiben lernte er schnell mit entsprechenden Programmen, deren Bedienung man ihm zeigte. Bald begann er, sich mit dem Computer auszukennen und verbrachte fast den ganzen Tag davor.

Auf diese Weise konnte er seine Neugier befriedigen, ohne mit Menschen in direkten Kontakt treten zu müssen.

Was den Computer betraf, so erwies sich Kaspar als Naturtalent. Logisches Denken ohne sprachliche Schnörkel lag ihm. Einfache, klare Befehle, vorhersehbare Aktionen – damit kam er zurecht.

Bald kommunizierte er in den sozialen Medien mit anderen Menschen, ohne sie je gesehen zu haben. Er erlangte sogar eine gewisse Berühmtheit.

Sein Schicksal war nämlich mittlerweile Gegenstand der Berichterstattung in den Medien geworden. Viele Menschen fanden sich ein, die ihn beraten wollten. Journalisten drängten sich danach, seine Geschichte aufzuschreiben. Sein Betreuer handelte für ihn Honorare für Interviews und Rechteübertragungen aus. Das Geld landete auf einem Treuhandkonto. Zu viel Verbindlichkeiten hatten sich inzwischen angesammelt, als dass Kaspar, dem Geld eigentlich nichts bedeutete, auf seine Einnahmen verzichten oder sie einfach verschenken hätte dürfen.

Mit dem Ruhm kamen auch dessen Kehrseiten. Es begann mit Cyber-Mobbing. Plötzlich tauchten bearbeitete Bilder im Netz auf, die Kaspar inmitten einer Affenhorde zeigten und den diskriminierenden Titel trugen: „Grüße aus dem Urwald".

Kaspar, der sich mittlerweile gut mit dem Computer auskannte, ermittelte die IP-Adresse des Übeltäters und hackte dessen Computer. Fall erledigt.

Es ging jedoch an anderer Stelle weiter. Nach einer Weile gab es in den Boulevard-

Zeitungen Artikel, die seine frühere Lebensweise im Wald als asozial anprangerten und rügten, dass jetzt der Sozialstaat die Kosten für seine versäumte Erziehung tragen solle. Die Anschuldigungen waren so absurd, dass man sie eigentlich nicht ernst nehmen konnte, aber Kaspar, der über keine Erfahrungen im Umgang mit derartigen Bosheiten verfügte, wurde verunsichert. Nur mühsam konnten seine Betreuer ihn wieder beruhigen und neu aufbauen.

Ein Rechtsanwalt wurde beauftragt und die entsprechenden Blätter mussten eine Gegendarstellung drucken.

Fahrschule

So weltfremd, wie Kaspar aufgewachsen war, konnte man ihn nicht einmal auf den normalen Straßenverkehr loslassen. Wenn er sich jemals frei in der Welt bewegen sollte, müsste er das noch lernen. Er kannte nicht einmal die einfachsten Verkehrsregeln. Die Polizisten hatten keine Lust, die versäumte Verkehrserziehung nachzuholen.

Eine Lösung musste her. Das Einfachste schien zu sein, ihn einmal pro Woche in den Theorieunterricht einer Fahrschule zu bringen, wo er zwar nicht das Autofahren lernen sollte, aber doch die Verkehrsregeln.

Der Fahrlehrer war nicht gerade begeistert von seinem neuen Gast, dem er alles dreimal erklären musste. Das ließ er ihn auch spüren. Vor der versammelten Gruppe der Fahrschüler fragte er ihn eines Tages:

„Was tun Sie, wenn Sie mit dem Auto dreimal an ein- und demselben Anhalter vorbeikommen?"

„Ihn beim dritten Mal mitnehmen?", riet Kaspar.

„Nein, aus dem Kreisverkehr ausfahren", lachte der Fahrlehrer und alle anderen lachten mit.

Kaspar machte sich nichts daraus.

Als sie aber im Unterricht lernen sollten, dass man nicht für Tiere bremsen darf, da man sonst den nachfolgenden Verkehr gefährde, meldete er Widerspruch an:

„Die Tiere des Waldes sind wichtig für die Welt."

Der Fahrlehrer erklärte ihm:

„Nach unserer Rechtsprechung geht das Leben der Menschen vor. Wenn Sie durch das Bremsen für Tiere Menschen gefährden, machen Sie sich strafbar."

„Es müssen ja nicht unbedingt Menschen gefährdet werden. Wenn die nachfolgenden Fahrzeuge einen genügenden

Sicherheitsabstand einhalten würden, würde nichts passieren."

Das könne man nicht allgemein voraussetzen, konterte der Fahrlehrer. Man müsse jede Gefährdung vermeiden.

Darüber würden sie keine Einigkeit erzielen, das wusste Kaspar. Es machte ihm aber auch nichts aus, da er nie selbst ein Auto fahren würde.

Freundschaft

Oft saßen Mark, Julia und Kaspar beim Kaffee zusammen, manchmal auch nur zwei von ihnen. Einmal hatten Mark Kaspar zum Kaffee eingeladen und brachte zwei Tassen Kaffee mit, eine für Kaspar und eine für sich. Bevor er Kaspar seine Tasse reichte, nahm er einen Schluck daraus.

Kaspar wunderte sich:

„Warum trinkst du vor mir aus meiner Tasse? Willst du mich ärgern?"

Mark erwiderte:

„Ganz im Gegenteil: Das ist ein Freundschaftsangebot."

Kaspar glotzte verständnislos, aber bei nächster Gelegenheit revanchierte er sich.

Mark, Julia und Kaspar saßen zum Frühstück beisammen und wollten gerade beginnen, da griff Kaspar nach Marks Tasse und nahm einen Schluck daraus.

Mark fragte amüsiert:

„Was soll das?"

Kaspar antwortete erstaunt:

„Damit erwidere ich dein Freundschaftsangebot. Du weißt doch …"

Mark lachte:

„Da hast du etwas nicht ganz verstanden. Wenn ich etwas mache, ist es nicht das Gleiche, als wenn du es machst."

„Wieso nicht? Ich habe gelernt, dass es so ist. Hotte hat es mir anhand der Fabel vom Fuchs und dem Storch beigebracht: dass man Gleiches mit Gleichem vergelten muss."

Mark ließ sich von Kaspar referieren, was dieser erzählt bekommen hatte. Dann lachte er:

„Ja, das ist die Fabel, wie sie niedergeschrieben wurde. Man muss sich aber seinen Teil dazu denken. In Wirklichkeit geht die Geschichte weiter: Der Fuchs nimmt den Affront des Storches zum Anlass, ihn aufzufressen. Das war von Anfang an sein Plan gewesen. Er hatte sich nur einen Vorwand verschafft, den Storch zu fressen. Er tat so, als ob er unmittelbar auf eine Beleidigung reagieren würde, und kehrte unter den Tisch, was vorher geschehen war. Er hatte sich alles vorher zurechtgelegt: seine Provokation, die Reaktion des Storches und seine Vergeltung, um die es ihm von Anfang an ging. So werden unter Staaten Eroberungskriege angezettelt.

Dass dies der eigentliche Inhalt der Fabel ist, erkennt man schon daran, dass in einer Fabel der Fuchs immer der Listige ist und nicht der Einfältige, wie es in der verkürzten Version scheint. In der Renaissance wusste man das noch ganz genau und im Fembo-Haus in Nürnberg ist die ganze Geschichte in einer Deckenmalerei so dargestellt. Die wahre Botschaft ist, dass man sich unter Ungleichen hüten sollte, Gleiches mit Gleichem zu vergelten. Du solltest wissen, dass Äsop Sklave war und sein Leben riskierte, wenn er unliebsame Wahrheiten offen aussprach. Er musste seine Botschaft verschlüsseln."

„Was du wieder alles weißt!", warf Julia ein.

„Wie dir ja bekannt ist, habe ich eine Zeit lang in Nürnberg gelebt. Auch damals habe ich schon meine Beobachtungsgabe geschärft. Schließlich will ich ja mal Kommissar werden."

„Träum weiter!"

Kaspar wollte es jetzt genau wissen:

„Dann wolltest du mir mit deinem sogenannten ‚Freundschaftsangebot' nur zu verstehen geben, dass wir beide nicht gleich sind?"

„Das nun auch wieder nicht. Freunde sind gleich, aber auch unter Freunden muss geregelt sein, wer das Sagen hat. Man nennt es die Hackordnung. Wie soll ich dir das erklären? … Es wäre einfacher, wenn du in einem Wolfsrudel aufgewachsen wärst wie Mogli."

„Wer ist Mogli?"

Julia griff ein:

„Mogli ist der Held des Dschungelbuchs von Rudyard Kipling. Er verliert in der

Wildnis seine Eltern und wird von einem Wolfsrudel adoptiert und aufgezogen. Er hat während dieser Zeit keinen Kontakt zu Menschen. Sein Schicksal ähnelt dem deinen."

Mark fügte hinzu:

„Es gab viele derartige ‚Wolfskinder', teils aus der Fantasie geboren, aber teils auch real. Auch Affen wurden als Elternersatz herangezogen wie bei Tarzan von Edgar Rice Burroughs."

Lachend entgegnete Julia:

„Ich staune immer mehr über deine Bildung!"

„Das ist doch nur Teenagerwissen. Ich habe in meiner Jugend all die Geschichten über Tarzan gelesen: die Bücher und Comics. Auch die Filme habe ich gesehen. Ich war ein Fan."

„Schön, aber lass Kaspar damit in Ruhe!"

Kaspar fiel ein:

„Genau! So eine Freundschaft mag ich nicht. Das ist unlogisch. Gleich, aber nicht gleich. Frei, aber nicht frei. Unter Freundschaft würde ich etwas anderes verstehen. Aber ich bin ja nur ein dummer Waldmensch! Am liebsten würde ich sofort in den Wald zurückkehren. Ich will selbst für mich entscheiden können."

„Das kannst du doch gar nicht! Du weißt tatsächlich noch nicht genug von der Welt. Unter anderem dies: Jeder braucht eine Sozialisation – so nennt man das nämlich."

Dann begann er tatsächlich, Kaspar die Details dessen, was die Menschen unter einer Sozialisation verstanden, zu erklären.

Kaspar rief aus:

„Ihr zivilisierten Menschen spinnt! Jeder versucht, der Größte zu sein. Nur mit Mühe bekommt ihr das in den Griff und nennt es dann Freundschaft. Dominanzgesten und Tabubrüche! Das ist nicht das, was ich in den Medien als Freundschaft vorgegaukelt bekommen habe. Was für eine Heuchelei!"

Julia kam Kaspar zu Hilfe:

„Das wird jetzt zu viel auf einmal. Mark, lass Kaspar damit in Ruhe. Für ihn ist es

schwer genug, auch ohne den ganzen Sozi-
alisationsquatsch. Es geht auch ohne. Und
du, Kaspar, mach das mit der Tasse in Zukunft nicht mehr. Mark wird es auch nicht
mehr machen."

Damit war der Fall erledigt. Sie waren
Freunde, aber nicht im Sinne der Freundschaft unter Erwachsenen, sondern so, wie
es unter unschuldigen Kindern üblich ist.

Ist das ein Vor- oder ein Nachteil?
Kaspar kannte es nicht anders und hätte
sich in das ganze Orwellsche „Doub-
lethink" auch nicht hineinfinden können.
Er fand auch auf seine Weise Freunde, die
ihn mochten, weil er der war, der er war,
und nicht, weil die Sozialisationsstrukturen
das verlangten.

Mark seinerseits glaubte, sozialisations-
mäßig für ihn verantwortlich zu sein, fühlte sich auch in diesem Sinn als sein Freund
und band ihn ohne sein Wissen in Sozialisationsstrukturen ein.

Kaspar spürte manchmal, dass um ihn
herum menschliche Dinge geschahen, die
er nicht verstand und die ihm niemand er-

klären wollte. Auch fühlte er schon irgendwie, dass es zwischen anderen Menschen ein Band gab, das er nicht kannte. Es wäre nicht klug gewesen, etwas zu vermissen, das man nicht kannte, das wusste er. Dass man ihm nichts davon sagte, konnte den Grund haben, dass man ihn schützen wollte. Davon musste er wohl ausgehen. Trotzdem fragte er sich manchmal, ob er jemals ein vollwertiger Mensch sein werde.

Diese Anfälle gingen vorüber, wenn er sich an den Wald erinnerte und daran, dass er dort ein vollwertiger Mensch gewesen war. In solchen Augenblicken fragte er sich, was er eigentlich hier unter den Menschen verloren hatte.

Liebe

Da das Revier im Schichtbetrieb besetzt war, übernahmen verschiedene Teams die Überwachung. Nach Mark und Julia hatten normalerweise Martin und Karin Dienst. Manchmal wechselten sie auch.

Martin war ein lauter, unzivilisierter Polterer, der fürs Grobe ganz nützlich war, aber ansonsten ein wenig gebremst werden musste. Karin konnte das perfekt, besonders weil Martin ein Auge auf sie geworfen hatte. Umgekehrt war Martin für Karin ein Kollege, den sie gut handhaben konnte. Mehr wollte sie auf keinen Fall. Martin schon.

Um es klar zu sagen: Martin fiel Karin immer wieder durch mehr oder weniger versteckte Anzüglichkeiten auf die Nerven. Die junge Frau wusste nicht recht, wie sie sich dagegen wehren sollte. Ein burschikoser Umgangston galt unter den Kollegen als tolerabel und sie wollte nicht als unkollegial gelten.

Manchmal war es allerdings schwer für sie zu ertragen. So, als Martin einen Apfel in die Hand nahm, ihn hinter dem Rücken versteckte und posaunte:

„Wer errät, was ich in der Hand habe, darf Sex mit mir haben. Na, worauf tippst du, Karin?"

Diese lachte und frotzelte ihren Kollegen:

„So blöd, wie du dastehst, musst du eine Kackwurst in der Hand haben."

„Ich denke, das kann ich wohl als richtig durchgehen lassen", feixte Martin und legte den Apfel zurück auf den Tisch.

Karin verdrehte die Augen und quittierte den alten Witz mit einem „Haha".

Aber es ging weiter.

Als Kaspar einen Monat bei ihnen war, wollten die vier Kollegen das gemeinsam feiern. Zu der Feier brachte Julia eine große Torte mit, die sie selbst gebacken hatte. Karin wollte ihrer Kollegin Anerkennung zollen und rief aus:

„Das Ding ist ja riesig!"

Daraufhin konnte es Martin nicht lassen, breit grinsend zu bemerken:

„Das bekomme ich immer wieder zu hören", wobei er Karin lasziv zuzwinkerte. Diese errötete und wandte sich entrüstet ab.

Martin musste wohl akzeptieren, dass vorläufig nichts zwischen Karin und ihm laufen würde.

Umso mehr wurmte es ihn, dass Karin unverhohlen Sympathien für Kaspar zeigte. Dieser erwiderte ihre Sympathie. Wenn sie mit ihm sprach, grinste er wie ein Honigkuchenpferd über beide Ohren.

Tatsächlich übte Kaspar eine gewisse Anziehungskraft auf Karin aus. Seine schlanke, sehnige Gestalt wirkte anmutig wie die eines Raubtieres, sein Gesicht strahlte offen und ehrlich, sein gerader Blick lud zum Augenkontakt ein.

Karin verbrachte viel Zeit mit Kaspar, half ihm, sprach mit ihm, streichelte ihn zuweilen beiläufig und umsorgte ihn. Zu Weihnachten umarmte sie ihn sogar und drückte ihm einen Kuss auf den Mund. Kaspar war verwirrt. Er kannte diese Geste nicht, verstand aber, dass sie Zärtlichkeit bedeutete. Ganz entfernt erinnerte ihn das an seine Mutter und er versuchte, sich Details ins Gedächtnis zurückzurufen.

Es gibt Momente im Leben, da spürt man, dass sie für die Ewigkeit sind. Man weiß, dass man sich immer daran erinnern wird und das erfüllt sich tatsächlich. So war es auch mit Kaspars erstem Kuss im Erwachsenenleben. Er wühlte ihn auf. Etwas hatte sich grundlegend verändert.

Am nächsten Tag fragte er Mark und Julia, was es zu bedeuten hätte, wenn ein Mensch einem anderen seine Lippen auf dessen Lippen drücke.

Julia kicherte:

„Das bedeutet, dass derjenige den anderen sehr mag. Man nennt es einen Kuss. Wer hat das denn gemacht?"

„Karin mit mir."

Mark lachte:

„Kaspar, du alter Schwerenöter! Da hast du ja eine Eroberung gemacht."

Das Ereignis, so klein es auch scheinen mochte, sprach sich unter den Diensthabenden der Polizeiwache herum. Bald wussten es alle und es führte bei den meisten zu wohlwollendem Lachen.

In der Folge wollten alle Kaspar das Nötigste an Wissen über die körperliche Liebe mitteilen. Dem wurde das bald peinlich. So genau wollte er es gar nicht wissen. Trotzdem erfuhr er das eine oder andere und teilte es auch Karin mit, als er allein mit ihr war.

Karin wurde still, sah ihm tief in die Augen und fragte:

„Hast du denn schon einmal eine Frau nackt gesehen?"

„Nein, wo denn?"

„Na, dann pass auf", sagte sie und begann, sich auszuziehen. Kaspar stand wie erstarrt da. Als sie fertig war, fragte sie ihn:

„Und wie findest du es?"

Sie hätte nicht fragen müssen. Unter Kaspars Hose zeichnete sich wieder einmal eine Erektion ab.

„Nun zeig mir auch, was du da hast", forderte sie ihn schelmisch auf.

„Es ist gerade etwas ungünstig", zierte sich Kaspar. „Dir wird nicht gefallen, was du siehst."

„Ach was. Nun mach schon", beharrte Karin.

Kaspar tat, was von ihm gewünscht wurde, und stand mit erigiertem Glied vor ihr da.

„Wow", schnurrte Karin, trat näher und begann, seinen Penis zu massieren. Es sollte allerdings ein sehr kurzes Vergnügen sein; denn der arme Kerl erlitt eine Ejaculatio praecox.

„Upps", kicherte Karin, wischte sich die Hände mit einem Papiertuch ab und gab auch Kaspar eins.

Kaspar hingegen staunte Bauklötze. Er konnte kaum verstehen, wie ihm geschehen war.

„Hatten wir jetzt eigentlich Sex?", fragte er konsterniert.

„Bill Clinton würde sagen: nein. Ich hingegen würde sagen: ja. Immerhin hattest du einen Orgasmus. Noch schöner wäre es allerdings, wenn auch ich einen gehabt hätte. Vielleicht kannst du mir da mal zur Hand gehen?"

Damit legte sie sich auf das im Raum stehende Sofa und zeigte Kaspar, was er mit seinen Fingern für sie tun konnte. Bald war auch sie so weit, wie sie es sich gewünscht hatte. Sie lächelten einander glücklich an und kuschelten sich gemeinsam in die Polster.

Es hatte ihnen gefallen, aber sie fanden, dass es die anderen nichts anging, und beschlossen, das Geschehene geheim zu halten.

Der Biss

Die zarten Bande zwischen Karin und Kaspar entzückten nicht alle. Martin schäumte vor Eifersucht. Entsprechend sauer war er auf Kaspar. Da wilderte jemand in seinem Revier. Das würde er sich nicht gefallen lassen! Dieser dahergelaufene Hanswurst könnte sich auf etwas gefasst machen!

Während einer Schicht von Martin und Karin musste Karin für auswärtige Erledigungen für eine Viertelstunde weg. Diese Gelegenheit wollte Martin nutzen, um Kaspar den Marsch zu blasen. Er baute sich vor ihm auf und legte los:

„Pass bloß auf, du Hampelmann! Hör' auf, Karin anzubaggern! Sonst kannst du was erleben! Karin ist für mich reserviert. Hast du mich verstanden?"

Mit diesen Worten schubste er Kaspar vor sich her, bis Kaspar mit dem Rücken an der Wand stand. Martins Augen hatten sich zu schmalen Schlitzen verengt.

„Das Beste wäre, wenn du abkratzt. Wenn du mir in die Quere kommst, mach ich dich kalt", zischte er.

Dabei kam er Kaspar immer näher, bis sich ihre Gesichter fast berührten. Da Martin ein wahrer Riese und damit ein Stück größer war als Kaspar, befanden sich seine gebleckten Zähne direkt vor Kaspars Augen.

Damit hatte Martin Kaspars intime Distanzzone verletzt. Das bedeutete im ganzen Tierreich und auch beim Menschen eine Bedrohung. Kaspar verstand die Drohung sehr wohl – genauso, wie sie ja gemeint war. Er fühlte sich in die Enge getrieben.

Was tut ein Tier, wenn es in die Enge getrieben wird? Es beißt. Auch Kaspar zögerte keine Sekunde. Er war sofort im Kampfmodus, glaubte, sich verteidigen zu müssen. Wie ein Pitbull verbiss er sich in Martins Kehle.

Dieser, der überhaupt nicht mit Gegenwehr gerechnet hatte, stürzte zu Boden, konnte jedoch Kaspar nicht abschütten. Er überlebte die Beißattacke nicht.

Als Karin zurückkam, fand sie den verstörten Kaspar mit der Leiche vor. Es war nicht leicht, aus ihm herauszubekommen, was geschehen war, aber sie kannte Martin und seine aggressive Art zur Genüge, um sich den Tatablauf vorzustellen.

Durch seine Unkenntnis der Gepflogenheiten der menschlichen Gemeinschaft war Kaspar im menschlichen Sinn schuldig geworden. Der Mord an Martin war eine tierische Reaktion auf Martins Provokation gewesen.

Konnte man ihn als Notwehr einstufen? Für Kaspar hatte es sich zweifellos so dargestellt. Aber würde ein Gericht das auch so sehen. Karin als Polizistin hatte viel darüber gelernt und befürchtete, dass man Kaspars Reaktion als „unverhältnismäßig" einstufen würde ... und damit wäre sie strafbar.

Nur: Woher hätte der arme Kerl wissen sollen, wie man mit so einer Situation umgeht? Martin hatte es durchaus ernst gemeint und so kam er auch normalerweise rüber. Beim Umgang mit Verbrechern hatte sich das bewährt. Sicher, er hatte nicht mit Gegenwehr gerechnet, weil bisher alle, die er so attackiert hatte, kleinlaut beigegeben hatten. Aber das gab ihm doch nicht das Recht, immer so zu verfahren! War unsere Gesellschaft schon so weit, dass jedes Macho-Gehabe als solches erkannt und entsprechend geduldet werden musste? Martin hatte mit Mord gedroht und war selbst ermordet worden. Hätte er nicht damit rechnen müssen? Woher sollte Kaspar wissen, wann eine Drohgebärde ernst gemeint war und wann nicht?

Vom moralischen Standpunkt musste man das Ganze als einen Unfall einordnen. Kaspar hatte einfach noch nicht genug gelernt, um mit dieser Situation richtig umgehen zu können. Sein Schicksal erinnerte an das Parzivals, der in Unkenntnis der höfischen Regeln mehrfach schuldig geworden war, daran jedoch reifte und schließlich sogar zum Gralshüter wurde.

Für Karin saß der Schock tief. Sie konnte keinen klaren Gedanken fassen und hoffte auf Hilfe. Bald kam die Ablösung: Mark und Julia. Gemeinsam berieten sie, was zu tun sei. Wenn ein Waldmensch für viele Jahre eingesperrt werden würde, würde er eingehen. Das konnten sie Kaspar, der ihnen ans Herz gewachsen war, doch nicht antun!

„Wenn es so kommt, hätten wir dem armen Kerl einen Bärendienst erwiesen, als wir ihn damals aus dem Wald holten", gab Julia zu bedenken.

Das wollte keiner. Darüber herrschte unter ihnen Einigkeit. Melden mussten sie den Mord aber. Wie sonst sollten sie Martins Tod erklären?

Sie suchten nach einem Weg, Kaspar zu helfen, und beschlossen, ihn im Wald laufen zu lassen. Als Mörder würde man ihn sicher suchen, aber am ehesten in dem Waldstück, wo er aufgegriffen worden war. Also würden sie ihn ganz woanders aussetzen.

Prost Kaspar!

Die drei Polizisten überlegten, in welchen Wald sie ihn bringen sollten. Mark erzählte, dass er einen Wanderparkplatz im Pfälzerwald kenne, von dem aus man endlos in den Wald wandern könne, ohne auf Menschen zu treffen. Der Pfälzerwald sei eines der größten zusammenhängenden Waldgebiete Deutschlands und er wäre weit genug entfernt, um nicht in die Fahndung nach einem fußläufigen Flüchtling einbezogen zu werden. Diese Stelle könnte doch eine geeignet für Kaspar sein, schlug er vor. Er wäre bereit, Kaspar dorthin zu fahren.

Julia lobte ihn:

„Mark, du bist der Größte. Wir lieben dich."

„Ich mich auch" lachte Mark.

Sie besprachen die Details.

Für den Winter wollten sie ihm einen solarbetriebenen beheizbaren Schlafsack mitgeben. Der würde Jahrzehnte halten. Kaspar sträubte sich zunächst: Wenn es sehr kalt würde, vergrübe er sich im Laub, begründete er seine Weigerung. Das machten auch die Wildtiere im Winter.

Schließlich willigte er aber doch ein. Er merkte, dass es seine Helfer beruhigte, ihn versorgt zu wissen.

Mark meldete sich offiziell krank und fuhr mit Kaspar los, während Karin die Mordkommission benachrichtigte.

Als Mark nach längerer Fahrt den ausgewählten Platz gefunden hatte, ließ er Kaspar gehen.

„Lauf weg und versteck dich!", gab er ihm auf den Weg.

Ähnliches hatte Kaspar schon von seiner Mutter gehört und so wandte er sich endlich wieder dem Wald zu.

Die weiten Hallen des Waldes öffneten sich ihm und hießen ihn willkommen. Er tat ein paar Schritte. Der Boden unter seinen Füßen federte. Das Moos gab sanft nach, die herumliegenden Äste und das Laub raschelten. Es fühlte sich an, als käme er nach Haus. Er zog die Schuhe aus, um ganz in das Gefühl seiner Füße auf dem Waldboden einzutauchen. Tief sog er die frische Waldluft ein.

Noch einmal drehte er sich um und winkte Mark zu. Dann verschwand er schnell im Wald.

Im Revier ging derweil alles seinen Gang. Da Kaspar sich der Rechtsprechung entzogen hatte und als tatverdächtig galt, wurde er zur Fahndung ausgeschrieben. Gefunden wurde er nicht.

Als die Spurensicherung abgezogen war, setzten sich Mark, Julia und Karin zusammen und genehmigten sich jeder ein Bier aus der Flasche.

Mark erhob seine Flasche:

„Prost Kaspar!", meinte er.

„Prost Kaspar!", stimmten die beiden anderen ein.

Sie saßen noch eine Weile zusammen und diskutierten den Fall. Schließlich überlegten sie, ob sie Kaspar ein paar Decken bringen sollten, wenn es Winter würde. Sie verwarfen diesen Plan wieder. Kaspar war all die Jahre ohne menschliche Einmischung zurechtgekommen; es würde ihm erneut gelingen. Er hatte sein altes Leben wieder.

Wieder im Wald

War es wirklich sein altes Leben?

So viel hatte er bei den Menschen erlebt! Hatte es ihn verändert? Er hatte Freundlichkeit erfahren und Feindseligkeit. Über Religion war er unterrichtet worden und über die Größe der Welt. Er hatte vom Spiritualismus erfahren, von Meditation und Erleuchtung.

Er verstand besser als die meisten „normalen" Menschen, dass es mehr und Größeres gab als das hektische Treiben der Menschen, dass er nicht ein Rädchen im Getriebe war, sondern von Gott geliebt wurde – er und jeder andere einzelne Mensch. Das brachte ihn dazu, in sich hineinzuhören, den Wald zu vernehmen und in ihm Gottes Stimme zu hören. Die reine Luft des Waldes durchströmte ihn. Er atmete sie, schmeckte sie, fühlte sie, genoss sie. Sein Blick verschmolz mit der Tiefe des Waldes. Die ruhige Atmosphäre sorgte für

Klarheit in seinem Kopf, reinigte seine Gedanken und erfrischte seinen Körper.

Hier ging es ihm gut. Er würde niemals
etwas Böses tun, wenn er im Wald lebte
und sich vor den Menschen verbarg.

So sollte es sein!

Konnte er als Eremit bezeichnet werden?
Nicht ganz, war er doch nicht von sich aus
in den Wald zurückgekehrt. Es geschah aus
einer Zwangslage und doch entsprach es
seinen heimlichen Wünschen. Und noch
etwas passte nicht zu einem Eremiten, wie
man ihn klassischerweise verstand. Sein
Ziel war nicht, sein Leben Gott zu weihen.
Er verehrte Gott und dankte ihm für sein
Leben, aber sein Lebensinhalt war nicht die
explizite Gottesverehrung, sondern das
Leben im Einklang mit der Natur.

Zwar vertraute er auf Gott und betete zu
ihm, und doch ging es nicht so weit, dass er
sein ganzes Leben als Gottesdienst ansah.
Allerdings glich er auch nicht mehr einem
wilden Tier. Er hätte sich in der Menschenwelt zurechtfinden können, akzep-

tierte aber seine jetzige Situation als die richtige Wahl.

In der Menschenwelt hatte er gelernt, seine Umwelt zu analysieren. Das nutzte er jetzt für eine bewusstere Wahrnehmung der Umgebung. Jedes kleinste Zeichen in der Natur interpretierte er und leitete daraus gegebenenfalls Warnungen ab. Das Verhalten der Tiere, ein abgeknickter Zweig – vieles gab ihm Hinweise auf Dinge, die er selbst noch nicht wahrnehmen konnte. Die Vögel hatten aus der Höhe einen viel besseren Überblick als er, einige Tiere hatten einen besseren Geruchssinn als er, andere ein besseres Gehör, nachts hielten die Eulen Wacht.

Er spürte die Schwingungen des Waldes, kommunizierte mit ihnen. Der Wald lebte und teilte sich ihm mit. Und umgekehrt öffnete er sich dem Wald.

Dadurch, dass er seinen Geist mit dem Wald teilte, gab er nicht etwas weg, sondern im Gegenteil: Er bekam etwas, er erweiterte seinen Geist. Nunmehr nutzte er viele Teile seines Gehirns, die vorher brachgelegen hatten. Er erlangte neue Fähigkeiten, wurde schneller und effizienter.

Eine neue Dimension war zu seiner Vertrautheit mit dem Wald hinzugekommen. Er personifizierte die Geister des Waldes, die er vorher nur intuitiv wahrgenommen hatte. Jetzt sprach er telepathisch mit ihnen und gab ihnen Namen. War das ein Fortschritt? Etwas, das so holistisch integriert war wie der Wald, in einzelne Ansprechpartner aufzulösen: war das gut? Nun, es war keine bewusste Entscheidung, es entwickelte sich von selbst, eine Folge seines Aufenthaltes bei den Menschen. Immerhin steigerte es seine Effizienz, seine Fähigkeit, Dinge bewusst zu steuern, was manchmal nützlich sein konnte.

Zu seinen eigenen erweiterten Fähigkeiten kam, dass der Wald zu seinen verlängerten Armen wurde. Er konnte durch seine Umgebung handeln, sie in seinem Sinn beeinflussen. Hier im Wald hatte er jetzt eine Macht, die andere nicht kannten.

Wie in seiner Kindheit fühlte er sich gut vom Wald behütet und sicher.

Ein zweites Mal würden ihn die Menschen nicht überraschen können. Er würde ihr Kommen bemerken – lange bevor sie ihn entdecken könnten.

Vollmond

Der Mond hat Einfluss auf den Wald. Sein Licht durchflutet ihn bei Nacht. Die Tiere nehmen das wahr und sogar die Pflanzen reagieren darauf.

Besonders der Vollmond hat, wenn er gut zu sehen ist, einen magischen Einfluss auf alle Lebewesen. Auch Kaspar spürte diesen Zauber. Es trieb ihn, ruhelos durch den Wald zu streifen. Er kannte von den Menschen die Legenden von Werwölfen und erinnerte sich bei diesen Gelegenheiten daran.

Nicht dass er Tiere gerissen hätte wie ein Wolf oder gar Menschen überfallen hätte, nein, er tat keinem Lebewesen etwas zuleide. Und trotzdem ergriff ihn dieses Animalische, dieser Drang, in der Nacht umherzustreifen.

Das silbrige Mondlicht ließ den Wald unwirklich erscheinen. Es war sein Wald, die Welt, in der er sich zu Hause fühlte. Trotzdem erschien er in diesem Licht fremd, fast durchsichtig, so als wolle er ihm sagen:

„Das hier ist nicht alles. Sieh hinter den Schein!"

Kaspar verstand das und tiefer Weltschmerz ergriff ihn. Er jaulte laut auf – fast wie ein Wolf heult – und streckte die Arme nach dem Mond aus. Es tat gut, seine Gefühle herauszulassen. Er konnte jetzt nicht stillsitzen.

So ging es die ganze Nacht. Mit dem Morgengrauen schlief er ein. Er war müde und hatte doch Lebenskraft getankt.

Rehe

Der Morgen graute. Kaspar erwachte und machte seine Morgenrunde. Dabei fand er ein Reh, das sich in den rostigen Resten eines Drahtzaunes verfangen hatte und nicht mehr loskam.

Er befreite das arme Tier und säuberte seine Wunden, so gut es ging. Dann ließ er es laufen.

In den nächsten Tagen begegnete er dem Reh immer wieder. Es schien ihn wiederzuerkennen; denn es näherte sich ihm zutraulich. Er streichelte es und half ihm, Nahrung zu finden. So entwickelte sich eine Freundschaft zwischen Mensch und Tier. Sie sahen sich täglich und, wenn nicht, begann Kaspar, sich Sorgen zu machen. Aber es geschah dem Reh nichts. Irgendwann wurde es trächtig und brachte in Kaspars Beisein Junge zur Welt. Kaspar brauchte der Ricke nicht zu helfen. Die Natur kommt mit dieser Situation gut zurecht.

Nun aber spielte er gern mit den Kitzen und passte auf sie auf. Bald kamen auch die anderen Rehe ihm näher und er wurde als „Reh ehrenhalber" betrachtet. Kaspar, der sich bei den Menschen an Gesellschaft gewöhnt hatte, freute sich darüber. Jetzt hatte er auch hier gesellschaftlichen Anschluss gefunden.

Einsamkeit

In seiner früheren Zeit im Wald hatte Kaspar nie Kontakt zu anderen Menschen gehabt. Er war allein gewesen, ohne sich dessen bewusst zu sein. Er kannte es eben nicht anders. Einsam jedoch hatte er sich nie gefühlt. Er wusste nichts von einem Zusammengehörigkeitsgefühl, wusste nicht, was er versäumte. Wie sollte er da Einsamkeit kennen? Für ihn war seinerzeit die Welt in Ordnung gewesen.

Jetzt aber hatte er die menschliche Gesellschaft kennengelernt. Er vermisste die Menschen, die er getroffen hatte, die Gespräche, die kleinen freundschaftlichen Gesten, die er erst im Lauf der Zeit zu verstehen gelernt hatte. Jetzt spürte er in manchen Momenten einen kleinen Stich im Herzen, nichts Körperliches, sondern einen seelischen Schmerz, wenn ihm bewusst wurde, dass er nie zu den Menschen zurückkehren würde, die er zum Schluss wirklich gemocht hatte.

Ja, in solchen Momenten fühlte er sich tatsächlich einsam. Auch die Rehe konnten kein Ersatz für die Menschen sein. Die Begegnung mit den Menschen hatte ihm das eingebrockt und es ließ sich nicht rückgängig machen. Erinnerungen können nicht nur ein Paradies sein, wie Jean Paul es formuliert hat, nein, sie können auch das Gegenteil sein.

Hätte er sich wünschen sollen, nie zu den Menschen gekommen zu sein? Es war ja nicht seine freie Entscheidung gewesen. Nun fragte er sich, ob er im Nachhinein diese Wahl getroffen hätte.

Zu seiner Überraschung lautete die Antwort: „Ja".

Das, was er erlebt hatte, war es ihm wert. Müssen wir nicht für alles Gute, was uns im Leben zuteilwird, den Preis zahlen, dass wir es irgendwann wieder verlieren werden? Nichts ist für die Ewigkeit. Sicher, die Liebe überwindet die Zeit, aber das betrifft nur das Gefühl. Die geliebten Personen können nicht ewig bleiben. Wenn sie dann aus dem Blickfeld geraten, macht die Liebe den Schmerz nur noch größer.

Aus seinen Gesprächen mit den Menschen wusste er, dass es auch unter den „normalen" Menschen viele gab, die unter Einsamkeit litten. Er hatte das damals nicht richtig verstanden, jetzt aber konnte er es nachvollziehen. Es schmerzte.

Durch seine Erinnerungen musste Kaspar leiden, durch sie wusste er, was ihm jetzt fehlte. Jetzt erst war er einsam, wirklich einsam, wahrscheinlich der einsamste Mensch der Welt.

Wenn sich zur Einsamkeit Sehnsucht gesellt und übergroß wird, ohne Erfüllung zu finden, dann entsteht etwas Neues. Es ist schwer zu beschreiben: Der menschliche Geist schafft sich seine eigene Realität. Die Seele sprengt ihre Fesseln. Auf einmal strahlt die Welt, die vorher so kalt und lieblos schien, Wärme und Liebe aus.

Bei Kaspar war es der Wald, der in neuem Licht erstrahlte. Die Tiere schienen mit ihm zu sprechen, die Bäume ihn zu schützen. Wenn bei gutem Wetter die Sonne durch die Zweige schien, glaubte er, einen Engel zu sehen.

Jetzt, da die Tiere mit ihm sprachen, entstand das Problem, dass er sie nicht mehr essen wollte. Er wurde zum Vegetarier. Der Wald bot ihm trotzdem genug Nahrung.

Die Natur tröstete ihn. Er war in genügendem Maße Waldmensch geblieben, um seine Situation zu akzeptieren, die Menschen für sich in den Hintergrund zu stellen und wieder die Natur als seine Welt zu sehen.

Er wurde eins mit dem Wald, spürte, was in diesem seinem Zufluchtsort vorging, sorgte für ihn und wurde von ihm versorgt. Nicht nur mit Nahrung, auch mit Gefühlen. Es hatte sich eine geradezu esoterische Verbundenheit entwickelt.

Der Überfall

Die Tage gingen dahin. Ein neuer dieser Tage begann mit einem ruhigen Sommermorgen. Ruhig bis dahin. Kaspar fühlte plötzlich, dass etwas in seinem Wald nicht stimmte: Gewalt zerriss die friedliche Ruhe. Nicht dass er ein Geräusch gehört hätte, nein, ein unbestimmtes Gefühl zog ihn in eine Richtung, wo er gebraucht zu werden glaubte. Er beeilte sich und erreichte schließlich eine kleine Lichtung, auf der eine hilflose Frau lag. Über ihr hockte ein kräftiger Mann mittleren Alters und es war deutlich zu sehen, dass er sich an der Frau verging. In das Schreien der Frau mischten sich Hilferufe.

Plötzlich war die Erinnerung an den Überfall auf seine Mutter wieder da und Kaspar handelte.

Sofort stürzte er zu den beiden hin, riss den Kopf des Mannes an seinen Haaren nach hinten und biss ihm in die Kehle. Er hatte bereits getötet und wusste, dass er es konnte. Damals war es eine instinktive Handlung gewesen, jetzt galt es, Nothilfe zu leisten.

Die Erinnerung an den Überfall, bei dem er seine Mutter verloren hatte, gab ihm Kraft. Diesmal würde er nicht weglaufen, diesmal konnte er etwas tun. Seine Entschlossenheit kam nicht einen Augenblick ins Wanken.

Als der Angreifer tot war, überzeugte er sich, dass die Frau noch am Leben war. Es ging ihr den Umständen entsprechend gut. Er rief auf ihrem Handy Hilfe herbei. Mehr konnte er hier nicht tun. Er verschwand wieder im Wald.

Die Frau wurde gefunden und versorgt. Sie erzählte, dass ein „Waldmensch" sie gerettet hätte. Die Geschichte verbreitete sich und bald erzählte man sich, dass ein guter Waldmensch in diesem Gebiet für Ordnung sorgte. Dass schreckte manch einen Übeltäter ab.

Die Polizei indes konnte die Bissspuren anhand ihrer Dateien identifizieren. Da es sich aber um Nothilfe gehandelt hatte, lag keine Strafbarkeit vor. Seine frühere Tat wurde nun noch einmal überprüft. Diese war ja aus einer vermeintlichen Notwehrsituation entstanden. Die psychische Situation des Waldmenschen musste berücksichtigt werden. Man kam zu dem Schluss, dass er als harmlos anzusehen war, solange man ihm nichts tat. Die Staatsanwalrschaft hob den Haftbefehl auf und es gab keine neue Großfahndung.

Kaspar blieb unbehelligt.

Nicht ganz: Die Frau, die er gerettet hatte, kam noch einmal an die Stelle des Überfalls zurück, um sich zu bedanken. Sie rief in den Wald hinein:

„Hallo, lieber Waldmensch! Zeig dich doch bitte! Ich möchte mich bei dir bedanken."

Als Kaspar schließlich erschien, machten sie sich miteinander bekannt. Sie hieß Jule. Nachdem sie sich bei ihm bedankt hatte, erzählte sie Kaspar von ihrem Leben, erkundigte sich nach seinem und fragte, ob sie nicht auch etwas für ihn tun könne.

Kaspar verneinte. Er sei wunschlos glücklich hier im Wald, sagte er, und wünsche
ihr alles Gute.

Dann verabschiedeten sie sich und
Kaspar verschwand wieder im Wald.

Ein Wiedersehen

Auch wenn der Fall von Herrn Oberhofs Frau und Sohn geschlossen war, existierten noch die Daten. In seinen jahrelangen Nachforschungen hatte der Privatdetektiv eine DNA-Probe von Herrn Oberhof nehmen lassen und mit allen aufgefundenen Kinderleichen vergleichen lassen. Es gab keinen Treffer. Schließlich durchsuchte er alle jemals genommenen DNA-Proben in den Datenbanken. Das ermöglichte ein Computerprogramm der Polizei und es führte tatsächlich zu einem Treffer. Kaspar war der vermisste Sohn!

In die Freude des Vaters über diese Entdeckung mischte sich allerdings die Enttäuschung darüber, dass der Sohn nicht aufzufinden war. Vater und Detektiv verdoppelten ihre Anstrengungen.

Der Detektiv spürte bald Jule auf und mit ihr zusammen ging Herr Oberhof in den Wald, um Kaspar zu treffen.

Tatsächlich konnte Jule ihn herbeirufen. Er betrat die Lichtung und zögerte, da Jule nicht allein gekommen war. Herr Oberhof rief:

„Leonhard!", und breitete die Arme aus.

Bei Kaspar stiegen verschüttete alte Erinnerungen auf. Langsam wurde ihm klar, wer ihm da gegenüberstand.

„Papa?" stammelte er schließlich, als ihm dämmerte, wen er vor sich hatte, und er fiel seinem Vater in die Arme. Beide brachen in Tränen aus.

Herr Oberhof erklärte ihm behutsam, wer er, Kaspar, wirklich war und was in der Zwischenzeit geschehen war.

Kaspar konnte die Geschichte nur mühsam verarbeiten.

Schließlich begann er, das Gehörte zu akzeptieren. Sein Geburtsname war Leonhard. Er hatte lange gebraucht, auf den Namen Kaspar zu hören. Das jetzt wieder aufzugeben, würde ihm schwerfallen. Er erklärte seinem Vater, dass er jetzt Kaspar hieße. Er würde aber den Nachnamen Oberhof annehmen und hätte auch nichts dagegen, wenn er, der Vater ihn weiterhin Leonhard nennen würde. Der Vater, glücklich, seinen Sohn wiedergefunden zu haben, war mit allem einverstanden.

Wesentlich mehr Schwierigkeiten hatte Kaspar damit, in die Zivilisation zurückzukehren. Er wollte erst nicht so recht, ließ sich dann aber überzeugen, dass er nur auf diese Weise seine Herkunft verstehen würde. Verwandte zu haben, war etwas völlig Neues für ihn und er fühlte eine freudige Erwartung auf dieses Erlebnis in sich aufsteigen. Sollte er nochmals einen Wechsel wagen und in die Zivilisation zurückkehren? Unsicher, was er tun sollte, schreckte er zunächst vor dieser Entscheidung zurück.

Sie fanden jedoch eine Lösung, einen Kompromiss, der das Zusammenleben für alle Seiten angenehm gestaltete. Herr Oberhof bewohnte eine Villa mit riesigem Garten. Kaspar bekam ein Zimmer mit direktem Zugang zum Garten. Den Garten ließen sie verwildern, so dass er einem Wäldchen glich. Da Kaspar im Wald zu schlafen gewohnt war, konnte er auf Wunsch die Nacht im Freien verbringen.

Ein Testament

„Wo zum Teufel ist schon wieder meine Brille?", rief Frau Fleckendreck in einem Ton, der keinen Aufschub duldete.

Birgit, das Mädchen für alles, kam angerannt und flötete:

„Augenblick, gnädige Frau. Ich werde sie gleich finden."

Eine Minute später händigte die gerade erst volljährig gewordene junge Dame ihrer Chefin Frau Fleckendreck die Brille aus. Nein, in die Stirn hatte die alte Dame sie nicht geschoben, das gute Stück hatte sich auf dem Schreibtisch versteckt.

Frau Fleckendreck setzte die Brille auf und blätterte in ihrer Familienchronik. Sie suchte nach Seitenlinien ihrer Familie, da sie wusste, dass sie nicht mehr lange zu leben hatte und selbst keine Nachkommen besaß. Wer sollte ihr nicht unerhebliches Vermögen erben?

Sie wurde schließlich fündig. Ihr Groß-
vater hatte eine Schwester gehabt, die bei
der Eheschließung den Namen Gerber angenommen hatte und deren Nachkommen
in der Chronik nicht mehr verzeichnet waren. Frau Gerber hatte zwar einen Sohn
gehabt, der jedoch vor dem Krieg nach
Amerika ausgewandert war. Dort verlor
sich seine Spur, nachdem seine Eltern ge-
stoben waren.

Ein Detektiv wurde beauftragt nachzu-
forschen. Geld spielte keine Rolle. Er hatte
Erfolg. Es ergab sich, dass der verschollene
Sohn nach dem Krieg in seine Heimat
Deutschland zurückgekehrt war, dort geheiratet und eine Tochter bekommen hatte:
Anne Gerber. Diese hatte später geheiratet,
den Namen Oberhof angenommen und
einen Sohn namens Leonhard geboren.

Ja, so fügte es sich: Jene Anne war Leonhards Mutter. Da der Sohn Leonhard als
verschollen galt, endete die Spur hier.

Frau Fleckendrecks Detektiv hatte jedoch Kontakt zu Herrn Oberhof aufge-
nommen, war von diesem an den von ihm
angeheuerten Detektiv verwiesen worden

und bekam so beizeiten Kunde von der Auffindung des Vermissten.

Die alte Dame freute sich über die unerwartete Wendung und machte daraufhin Kaspar, alias Leonhard, zu ihrem Haupterben. Ein neues Testament wurde aufgesetzt und Birgit als Testamentsvollstreckerin eingesetzt.

Der Mordversuch

Frau Fleckendrecks neues Testament er-
freute nicht alle. Es gab noch eine junge
Dame aus dem Bekanntenkreis der Erblas-
serin, die als Krankenschwester einiges für
Frau Fleckendreck getan hatte und sich
nicht ganz unbegründete Hoffnungen auf
das gewaltige Erbe gemacht hatte. Sie wurde nun massiv enttäuscht.

Schwester Else, wie sie genannt wurde,
wünschte Leonhard alles Schlechte, natürlich möglichst, bevor Frau Fleckendreck
sterben würde.

Die enttäuschte Krankenschwester hatte
nicht nur böse Wünsche für Kaspar parat,
sie wurde auch aktiv. Sie heuerte einen Kil-
ler an, der Leonhard aus dem Weg räumen
sollte. Es war ein Profi, der Leonhards Le-
bensgewohnheiten ausspähte und bald
wusste, dass dieser nachts im Freien
schlief. Er glaubte, leichtes Spiel zu haben.

Eines Nachts schlich er sich in den Garten und suchte nach Leonhard, die Pistole mit Schalldämpfer im Anschlag.

Kaspar, alias Leonhard, hatte sich jedoch schon so mit dem Garten identifiziert, dass er die Gefahr spürte. Er bewegte sich lautlos durchs Unterholz, sprang den Attentäter an und biss ihm in die Kehle. Darin hatte er ja nun schon Übung und tatsächlich wirkte sein Biss besser als bei den vorherigen Opfern. Nur eines unterschied diese Situation von den vorherigen: Der Kerl war bewaffnet und es gelang ihm, einen Schuss auf Leonhard abzufeuern.

Der Schuss traf Kaspar in die Seite und verletzte ihn – wenn auch nicht so schwer, dass er lockergelassen hätte.

Die Polizei und ein Notarzt wurden gerufen. Kaspars Wunde wurde versorgt. Man hätte ihn am liebsten in die Klinik gebracht, aber er sträubte sich. So entschloss man sich zu einer ambulanten Behandlung.

Es gab umfangreiche polizeiliche Untersuchungen und so konnte zweifelsfrei festgestellt werden, dass es sich abermals um Notwehr gehandelt hatte. Dass Kaspar nun schon zum dritten Mal durch einen Biss in die Gurgel getötet hatte, machte ihn zur Berühmtheit. Mit einem gewissen Schauer sprach man von ihm.

Die polizeilichen Ermittlungen führten schnell zur Auftraggeberin des Killers. Schwester Else wurde verhaftet und verurteilt.

Kaspars Bekanntheit hatte Folgen. Die Polizei, beeindruckt von seinen Fähigkeiten im Wald, wollte ihn für eine Mitarbeit gewinnen. Es gab einen Stadtwald, in dem sich nächtliche Überfälle häuften. Wie wäre es, wenn Kaspar in diesem Wald regelmäßig übernachtete und aufpasste.

Lange wurde verhandelt und am Ende kam eine Art lose Zusammenarbeit heraus. Kaspar bekam einen bärbeißigen Führungsbeamten namens Oswald zugeteilt, der mit ihm vor Ort im Wald die Details klärte. Man war schon fast fertig mit der

Besprechung, als Oswald ihm noch Folgendes mit auf den Weg gab:

„Ach übrigens, das mit dem In-die-Kehle-Beißen muss natürlich aufhören. Probier' mal das!"

Er warf Kaspar eine Pfefferspraydose zu. Der fing sie auf und probierte sie wie gewünscht aus. Dummerweise direkt in Oswalds Gesicht.

„Doch nicht auf mich, du Idiot!", brüllte dieser und fügte hinzu:

„Genug für heute. Wir machen morgen weiter."

Kaspar lernte mit der Zeit, dass man nicht immer Gewalt anwenden muss, um sich zu wehren. Gute Worte können oft mehr bewirken. Und wenn Gewalt sich nicht vermeiden lässt, gibt es zivilisierte Hilfsmittel wie eben das Pfefferspray oder einen Taser.

So trat Kaspar in den Dienst der Polizei ein. Er lernte noch Einiges an Kampftechnik, vor allem, seine Gewalt der Situation entsprechend zu dosieren.

In unregelmäßigen Abständen übernachtete er eine Weile im Stadtwald, später
auch in anderen gefährdeten Wäldern. Tatsächlich erwies er sich als nützlich und
fasste einige Übeltäter.

Die AFMAF

Als so nützlich hatte sich Kaspar für die Polizei erwiesen, dass die Verantwortlichen das Konzept erweitern wollten. Sie gründeten eine eigene Abteilung, die „Abteilung für Menschen mit außergewöhnlichen Fähigkeiten", abgekürzt AFMAF.

Zu dieser Abteilung gehörten neben Kaspar noch Sonja und Helmut.

Sonja verfügte über im wahrsten Sinne des Wortes umwerfende Fähigkeiten im Kampfsport und sah außerdem blendend aus. Man traute es ihr nicht zu, aber sie hätte selbst mit dem Hulk fertig werden können. Schon mehrfach war sie auf einsamen Straßen überfallen worden und hatte die Angreifer höchstpersönlich dingfest gemacht. Wenn sie die Straßen durchstreifte und Kaspar den Wald, konnten durchaus einige Verbrecher gefasst werden.

Helmut war ein unauffälliger kleiner Mann mittleren Alters. Seine Stärke bestand darin, dass er alle Kraftfahrzeugkennzeichen und alle Gesichter, die er sah, registrierte und niemals wieder vergaß – eine Inselbegabung. Man nannte Leute dieser Art Savants. Leider bezahlten sie für ihre Stärke auf einem speziellen Gebiet mit Schwächen auf vielen anderen, vor allem im sozialen Bereich. Trotzdem fanden alle Helmut recht nett.

Helmut bekam mit, wenn Einbrecherbanden ihre Ziele ausbaldowerten. Sie kamen mit ihren Autos von weit her, in kleinen, gut organisierten Banden, schwärmten dann aus, gingen in regelmäßigen Abständen an den Objekten vorbei, beobachteten diese, und verschwanden nach dem Einbruch wieder gemeinsam. Solche Beobachtungen meldete Helmut der Polizei, die dann Einbrüche verhindern und die Einbrecher ergreifen konnte. So erwies sich Helmut als besonders nützlich bei der Verhinderung von Straftaten.

Die kleine Abteilung wurde von Oswald geleitet, der sie locker führte. Es gab keine festen Arbeitszeiten, keine Pflichten. Alle drei taten, was sie konnten.

Für Kaspar war es etwas ganz Neues, jetzt angestellt zu sein, sich nützlich fühlen zu können. Endlich konnte er auch seine Steuern zahlen.

Die AFMAF wurde nicht nur präventiv tätig, sondern immer wieder auch für die Ermittlungsarbeit eingesetzt.

Ein besonderer Fall ging Kaspar sehr nahe. Der Serienmörder, der seine Mutter damals umgebracht hatte, war in größeren zeitlichen Abständen immer wieder aktiv geworden. Die Profiler der Polizei konnte sein Täterprofil mittlerweile erkennen und waren ihm auf den Fersen. Sie rekonstruierten sein Vorgehen und konnten eine Prognose seiner nächsten Tat wagen. Wieder würde es in einem Wald geschehen und ein grobes Zeitfenster konnte festgelegt werden. Die AFMAF wurde eingesetzt. Sonja spielte den Köder und Kaspar überwachte sie.

Tatsächlich schnappte die Falle zu und Kaspar konnte den Mörder überwältigen. Da er inzwischen gelernt hatte, seine Kräfte kontrolliert einzusetzen, biss er den Schurken nicht in die Kehle, sondern fixierte ihn am Boden. Aus Rache zu töten, kam ihm nicht in den Sinn. Was hätte das geholfen? Seine Mutter hätte es ihm nicht zurückgebracht. Er hatte sein Schicksal vor langer Zeit akzeptiert. Die Verhaftung des Mörders riss zwar alte Wunden auf, aber er kam darüber hinweg.

Der Täter wurde zu lebenslanger Haft mit anschließender Sicherungsverwahrung verurteilt.

Schon geraume Zeit hatte die AFMAF der Polizei geholfen, als es zu einem Einsatz in einem weiteren rätselhaften Fall kam.

Dieser unterschied sich von allen früheren.

Im Berliner Grunewald waren in letzter Zeit immer wieder Menschen spurlos verschwunden und später wieder aufgetaucht, ohne sich erinnern zu können, was geschehen war. Kaspar sollte den Wald durchstreifen und doch noch irgendwelche Hinweise finden. Ähnliches hatte er früher schon mit Erfolg getan.

Hier jedoch versagte er völlig. Es war, als ob der Wald sich vor ihm verschlösse, seine Geheimnisse nicht hergeben wollte. Kaspar musste aufgeben.

Der Wald wehrt sich

In einem nächsten Schritt wurde das ganze Team eingesetzt. Helmut durchstreifte die Straßen um den Wald auf der Suche nach irgendwelchen Auffälligkeiten, Sonja ging im Wald spazieren, zur Sicherheit von Kaspar aus dem Unterholz überwacht.

Es geschah etwas, womit niemand gerechnet hatte: Nicht Sonja wurde angegriffen, sondern Kaspar, allerdings nicht von irgendwelchen Menschen, sondern vom Wald selbst. Der Wald, sonst immer sein Verbündeter, wendete sich gegen ihn. Eine Grube tat sich auf, die Äste und Bäume rund um ihn schoben ihn hinein und ließen ihn nicht mehr hinaus.

Kaspar respektierte den Wald viel zu sehr, als dass er sich gewehrt hätte. Vielmehr versuchte er Kontakt zum Wald aufzunehmen und – siehe da – er gelang.

Der Wald teilte ihm mit, dass er mit der ganzen Natur sich jetzt gegen die Men-

schen wehren würde, die seinen Lebens-
raum immer weiter einschränkten. Das be-
zog sich nicht nur auf den Grunewald,
sondern auf alle Wälder weltweit. Kaspar
empfing diese Botschaft mit seinem ganzen
Körper. Sie war nicht in Worte gefasst,
sondern glich einem Gefühl.

Kaspar verstand das. Es war ja wirklich
Wahnsinn, dass die Waldflächen immer
kleiner wurden. Die Grünflächen ermög-
lichten doch erst unser Überleben. Durch
die Photosynthese nahmen sie Kohlendioxid auf und erzeugten Sauerstoff. Sie ließen einerseits die Menschen atmen und
reduzierten andererseits die Treibhausgase,
die für den Klimawandel verantwortlich
zeichneten. Man brauchte viel, viel mehr
Waldflächen statt weniger!

Der menschengemachte Klimawandel
bedrohte den Wald. Die Stürme rissen die
Bäume um, die Niederschlagsarmut trock-
nete den Boden aus. Die Bäume verdorrten.
Der Borkenkäfer und Waldbrände erledig-
ten den Rest.

Der Wald kämpfte dagegen an. Er kühl-
te. Kaspar genoss das und hätte dem Wald

gern geholfen. Aber er konnte so wenig bewirken. Vielleicht ginge es gemeinsam mit dem Wald?

In seiner Verbundenheit mit dem Wald konnte Kaspar seinerseits die Botschaft transportieren, dass er doch auf der Seite des Waldes stand, ja geradezu ein Kind des Waldes sei. Er sei immer ein Verbündeter des Waldes gewesen und werde auch weiterhin für ihn kämpfen. Gleichzeitig konnte er aber dem Wald auch das Gefühl übermitteln, dass es falsch sei, Menschen einfach verschwinden zu lassen. Man müsse vielmehr den Menschen helfen, die richtigen Entscheidungen zu treffen.

Kaspar hatte sich dem Wald geöffnet und dieser akzeptierte ihn als einen Freund, der sein Anliegen vertreten würde. Er ließ ihn frei.

Der Wald änderte sein Vorgehen. Das Beispiel Kaspars hatte ihm gezeigt, dass es anders ging. Der Wald griff behutsam in die menschliche Gesellschaft ein. Er ließ Menschen, die in den Wald gingen, nicht mehr verschwinden. Stattdessen brachte er ihnen die Schönheit der Natur näher und überzeugte sie auf subtile Art und Weise, die Natur zu schützen. Wie verwandelt kamen die Leute aus dem Wald zurück, aber nicht geistig verletzt, sondern gut gelaunt, froh und voller Tatendrang, die Wälder mit aller Kraft zu verteidigen. Es wurden immer mehr von ihnen – überall auf der Welt.

Langsam begann auch die Politik, auf diese Linie einzuschwenken. Neue Grünflächen wurden geschaffen, neue Wälder aufgeforstet. Viele Menschen verzichteten auf ihre Autos. Neue Konzepte für den öffentlichen Personennahverkehr wurden erarbeitet.

Kaspar kündigte seinen Job bei der AF-MAF. Er konnte und wollte nicht gegen den Wald kämpfen. Vielmehr engagierte er sich mit ganzer Kraft für den Erhalt der Wälder, den Naturschutz und den Kampf gegen den Klimawandel.

Finanziell würde es allerdings eng werden. Aber da ereignete sich etwas, das er zu dem Zeitpunkt noch nicht auf dem Schirm gehabt hatte.

Testamentsvollstreckung

Frau Fleckendreck starb nach längerer Krankheit. Für die, die ihr nahestanden, kam es im Grunde nicht ganz unerwartet und man war darauf vorbereitet. Auch Kaspar war informiert worden, spät zwar, aber immer noch rechtzeitig. So hatte er Abschied nehmen können.

Nach der Testamentseröffnung machte die Testamentsvollstreckerin, Frau Birgit Schreiber, sich mit Kaspar bekannt. Sie war kräftig gebaut, nicht zu groß und von schlanker Statur. Geradewegs ging sie auf Kaspar zu und stellte sich vor:

„Hallo, ich bin Birgit Schreiber, die Testamentsvollstreckerin, und hätte mit Ihnen als dem Haupterben eine Menge zu besprechen."

Dabei sah sie ihm direkt in die Augen und lächelte. Kaspar lächelte unwillkürlich zurück, wobei sein Gesicht einen fragenden Ausdruck annahm. Birgit bemerkte seine

Unsicherheit und neigte sich ihm ein wenig zu:

„Wir können uns auch duzen, wenn du willst. Wir sind ja beide noch jung. Sag ruhig Birgit zu mir!"

Kaspar sah einen Moment verdutzt aus der Wäsche. Natürlich hatte er nichts dagegen. Er wurde sowieso von den meisten geduzt. Nur bei Birgit überrollte ihn eine Welle der Verlegenheit. Während er noch wie gelähmt dastand, sagte jemand in seiner Kehle:

„Ja, gerne."

Aber er fing sich bald wieder und fasste schnell Vertrauen zu Birgit. Er verstand sich blendend mit ihr.

Sie zogen sich gemeinsam zurück und Birgit besprach die Details mit Kaspar – eine Mammutaufgabe, so umfangreich und weitverstreut war das Erbe. Unmöglich, das an einem Tag zu schaffen. Sie würden mindestens eine Woche brauchen. So zog Kaspar zeitweise in Frau Fleckendrecks Villa, die ja nun praktisch schon ihm gehörte. Der Garten war umfangreich genug, um sich für Kaspars Übernachtungen zu eignen.

Tag für Tag saßen die beiden nun gemeinsam über den Papieren und steckten die Köpfe zusammen. Bald sprachen sie auch über andere Dinge. Dabei konnte es nicht ausbleiben, dass Birgit sich mit Kaspars Schicksal beschäftigte. Auch sie erzählte aus ihrem Leben. Sie stammte aus ärmlichen Verhältnissen, hatte es nicht leicht in der Schule gehabt, konnte sie doch finanziell nicht mit den anderen mithalten. Gleich nach der Schule war sie in Frau Fleckendrecks Dienste getreten, um eigenes Geld zu verdienen.

Man kam sich näher. Bald scherzten die beiden ganz unbekümmert herum.

Am Abend des fünften Tages teilte Birgit Kaspar mit, dass sie eine DVD mit einer Liebeskomödie besorgt hätte, und fragte ihn, ob er sie sich nicht gemeinsam mit ihr ansehen wollte. Kaspars Herz machte einen Sprung vor Freude. Das wiederum erstaunte ihn. Er war völlig überrascht. Warum freute er sich so sehr? Es musste wohl die Aussicht sein, Birgit noch näher zu kommen als bisher. Er hatte bisher nicht richtig darüber nachgedacht, aber nun musste er sich eingestehen, dass er sie sehr mochte.

Begeistert stimmte er zu.

Ja, er war wohl ein wenig in Birgit verliebt, wenngleich er mit dem Gefühl noch nicht sehr viel anzufangen wusste. Auch Birgit schien es erwischt zu haben und sie war in den Angriffsmodus übergegangen. Schon öfter mal hatte sie Kaspar am Arm berührt, natürlich eher kumpelhaft als zärtlich. Sie erwartete eben von Kaspar, dass er entsprechend reagieren würde. Der tat das allerdings nicht. Er verhielt sich wie ein unsensibler Klotz.

Für einen Frontalangriff fehlte Birgit dann doch der Mut. Deswegen hatte sie diesen Filmabend geplant. Wer weiß, was sich daraus entwickeln würde.

So setzten sich Kaspar und Birgit abends auf die Couch vor dem Fernseher und sahen sich den Film an.

Als sie da so gemütlich zusammensaßen, passierte Kaspar das Missgeschick, das ihm schon seinerzeit bei der Steuerinspektorin unterlaufen war: Er bekam eine Erektion. Würde es denselben Effekt haben wie damals. Er geriet in Panik. Krampfhaft versuchte er, an etwas anderes zu denken, sich auf den Film zu konzentrieren, aber es wurde nur immer schlimmer. Und er trug noch immer diese weiten Schlabberhosen, die nichts verbargen.

Frauen haben einen sechsten Sinn für so etwas. Man hätte denken können, dass Birgit nur den Fernseher im Blick gehabt hätte, aber Pustekucvhen: Frauen bekommen alles mit.

So bemerkte sie sofort sein Missgeschick. Zumindest glaubte sie, das zu sehen, was sie sah. So richtig traute sie ihren Augen nicht. Das konnte doch nicht wahr sein! Sie musste Gewissheit haben!

Hemmungen hatte sie nicht. Prompt griff sie über Kaspar hinweg nach den Erdnüssen und streifte dabei wie zufällig sein steifes Glied. Nun hatte sie Gewissheit und das gab ihr Mut. Jetzt oder nie! Sie packte kurz entschlossen zu und hatte seinen Penis mitsamt Hose in der Hand. Er war hart wie Bein. Kaspar japste, sagte aber nichts. Ebenfalls schweigend begann Birgit nun, sein bestes Stück durch den Stoff hindurch zu massieren.

Jetzt kam Kaspar in Gang. Er schob seine Hand unter ihren Rock und begann, nach ihrer Vulva zu tasten.

So befummelten sie sich eine Weile, ohne indes sich seiner Hose oder ihres Schlüpfers zu entledigen. Sie wechselten kein Wort, bis Birgit schließlich fragte:

„Du weißt schon, wie es geht, oder?"

Kaspar druckste ein bisschen herum und rückte dann mit der Wahrheit heraus, dass es da mal eine Frau gegeben hätte – sie hätten es sich gegenseitig mit der Hand besorgt. Aber einen richtigen Koitus hätte er noch nie gehabt.

Birgit beruhigte ihn:

„Das ist doch nichts, wofür du dich schämen müsstest."

Dann fragte sie ihn:

„Und möchtest du es probieren?"

„Ja, natürlich."

„Pass auf: Das Wichtigste dabei ist, dass man sich liebt. Liebst du mich?"

„Ich weiß nicht genau, ob das, was ich empfinde, Liebe ist."

„Was empfindest du denn?"

„Wenn ich mit die zusammen bin, ist es, als ob ich wieder im Wald wäre. Es fühlt sich an, als hätte es gerade geregnet und die Sonne schiene wieder. Alles würde vor Feuchtigkeit dampfen, die Vögel zwitschern und jubilieren. Der Wald hätte das lebensnotwendige Wasser bekommen und wäre zu neuem Leben erwacht.

Es ist ein wunderschönes Gefühl. Ich bin in diesen Momenten restlos glücklich."

Lächelnd meinte Birgit:

„Ich glaube, das könnte tatsächlich Liebe sein. Auch habe mich in dich verliebt. Lass mich es beweisen!"

Damit fasste sie seinen Kopf mit beiden Händen und begann, ihn leidenschaftlich zu küssen. Als nächstes zog sie ihn aus und ermutigte ihn, auch sie auszuziehen.

Nachdem sie sich eine Weile gestreichelt hatten, zeigte sie ihm, was es mit dem Koitus auf sich hatte. Zärtlich teilte sie ihr Wissen um diese natürlichste Sache der Welt mit ihm, bis er alles wusste, was sie wusste. Gemeinsam entdeckten sie noch einiges mehr, was selbst Birgit nicht kannte. Es kam zu einer wundervollen Vereinigung.

Sie sprachen danach noch lange über die Beziehung zwischen Mann und Frau im Allgemeinen und zwischen ihnen beiden selbst im Besonderen.

Schließlich besprachen sie, wie es mit ihnen beiden weitergehen sollte. Sie fassten den Entschluss, für immer zusammenzubleiben.

Diese Nacht schlief Kaspar nicht allein. Birgit hatte sich einen Outdoor-Schlafsack besorgt und sich zu ihm in den Garten gelegt.

Am nächsten Morgen übersiedelten sie ins Bett und frühstückten dort. Nachdem Kaspar abgeräumt hatte, fragte er Birgit:

„Wer verwaltet eigentlich in der Zwischenzeit das ganze Vermögen von Frau Fleckendreck?"

„Das mache ich."

„Interessant. Ich frage mich, ob du das überhaupt kannst. Es gibt nämlich nur eine Art, so ein großes Vermögen richtig zu verwalten."

„Und die wäre …?"

„Siehst du: Du weißt es nicht. Das hatte ich mir gedacht!"

„Du Schuft!"

Lachend griff sich Birgit ihr Kissen und warf es Kaspar an den Kopf. Der nahm es auf und warf es zurück. Sofort war eine wilde Kissenschlacht im Gange.

An diesem Tag kamen sie nicht aus dem Bett heraus.

Kinder des Waldes

Kaspar und Birgit blieben auch nach der Abwicklung der Erbschaft in der Villa wohnen – beziehungsweise im Garten. Sie kamen auch auf Dauer gut miteinander zurecht. Ihre Liebe vertiefte sich und sie beschlossen eines Tages zu heiraten. Natürlich heirateten sie im Wald – in allerkleinstem Kreis. Der Grund für dieses Ehebündnis fand sich in ihrem Kinderwunsch. Sie wollten eine richtige Familie gründen.

Sorgfältig planten sie alles für ihr erstes Kind. Es sollte ein Kind des Waldes werden. Sie berechneten den optimalen Termin für die Zeugung und vollzogen den Akt auf einer kleinen Lichtung im Wald.

Nach neun Monaten gingen sie an eine andere Stelle im Wald. Für die Geburt hatten sie sich eine romantische Waldquelle ausgesucht.

So eine verborgene kleine Quelle im Wald verströmt einen eigenen Zauber. Es ist nicht verwunderlich, dass man in der

Antike diesen Zauber personifiziert hatte und mit der Verehrung der Nymphen einen Weg gefunden hatte, sich mit dem Ort zu verbinden. Birgit fühlte ähnlich. Sie nannte die Nymphe ihrer kleinen Waldquelle Silvana und sprach mit ihr. Sie hatte Silvana um Hilfe bei der Geburt ihres Kindes gebeten und vertraute sich ihr an. Sie glaubte, das Wasser der Quelle hätte Heilkräfte und würde ihr helfen, die Geburt zu überstehen.

Tatsächlich verlief der Geburtsvorgang erstaunlich leicht. Birgit tauchte im entscheidenden Moment in das klare Wasser der Quelle ein und das Baby kam fast wie von selbst. Neben Kaspar war zur Sicherheit auch eine Hebamme dabei, aber sie brauchte nicht viel zu tun. Ein Junge wurde ihnen geschenkt.

„Wie wollen wir ihn nennen", fragte Birgit ihren Mann. Sie hatten sich natürlich schon Gedanken gemacht und waren schließlich für einen Jungen auf den Namen Urs gekommen. Urs ist lateinisch und bedeutet Bär – ein geeigneter Name für einen Waldbewohner.

„Wollen wir nicht bei ‚Urs‘ bleiben wie besprochen?“, antwortete Kaspar.

So blieb es also dabei und die glücklichen Eltern hofften, dass der Junge tatsächlich ein echter Waldbewohner werden würde.

Es dauerte nicht lange, bis Kaspar und Birgit sich noch ein zweites Kind wünschten und auch bekamen, diesmal ein Mädchen. Für sie hatten sie den Namen Lea gewählt. Wieder stammte der Name aus dem Lateinischen. Er hatte die Bedeutung „Löwin“. Eine Löwin schien ihnen ein würdiges Pendant zu einem Bären zu sein. Sie würde eine vorbildliche Mutter sein, hofften sie, sie würde mit Riesenkräften für ihre Kinder kämpfen.

Schon früh gewöhnten die Eltern ihre Kinder an das Leben im Wald. Die beiden blieben manchmal wochenlang mit ihren Eltern draußen. Sie wurden echte Kinder des Waldes.

Später, als sie zur Schule gingen, verbrachten sie ihren Urlaub jeweils in einem anderen Wald, einem der vielen verschiedenen Wälder überall auf der Welt. In einem besonders dichten Wald (es wird nicht verraten, welcher es war) trafen sie auf ein Einhorn. Es musste sie beobachtet haben und zu dem Schluss gekommen sein, dass es ihnen vertrauen könne. Die Familie schloss Freundschaft mit dem Einhorn und dieses rief auch seine Familie herbei. Sie kommunizierten miteinander und die Menschen erfuhren, dass die Einhörner nicht ohne Grund so scheu waren, dass sie ihre Existenz verheimlicht hatten. Sie hatten schlechte Erfahrungen mit den Menschen gemacht, aber Kaspar und seine Familie hatten so viel Rücksicht auf den Wald genommen, dass sie den Kontakt gewagt hatten.

Kaspar versprach, dass sie dem Menschen nichts von ihrer Begegnung erzählen würden. Die Einhörner berührten sie zum Abschied mit ihren Hörnern und die vier Menschen spürten, wie die Kraft des Waldes sie durchströmte. Dankbar kehrten sie in ihre Heimat zurück.

Kaspar, Birgit, Urs und Lea wurden alle vier zu Waldmenschen. Die Kinder wuchsen mühelos in diese Lebensweise hinein. Selbst Birgit, der es als einer Erwachsenen nicht so leichtfiel, sich an diese für sie neue Lebensweise anzupassen, schaffte es, sich zu ändern. Manches musste sie indes noch von Kaspar und ihren Kindern lernen.

Gleichzeitig lebten die Kinder als Mitglieder der menschlichen Gesellschaft in der Welt der Menschen. Sie lernten die Bräuche der Menschen kennen, unter anderem auch den, zu Weihnachten Nadelbäume mit Kugeln zu schmücken. Als sie ihre Eltern fragten, ob sie zu Weihnachten auch einige Bäume des Waldes so schmücken dürften, erhielten sie die Erlaubnis unter der Bedingung, den Schmuck nach Weihnachten wieder zu entfernen. Die Familie feierte Weihnachten immer im Wald, aber in diesem Jahr mit bunten Weihnachtsbäumen. Die Kinder sangen sogar Weihnachtslieder. Urs und Lea konnten nicht allzu viel damit anfangen, ließen es aber über sich ergehen. Birgit kannte die Bräuche und erinnerte sich an ihre Vergangenheit. Vermisste sie diese Zeit? Weihnachten hat die Eigenschaft, derartige Gefühle zu wecken, und Birgit hatte das in ihrer Kindheit mitbekommen. Ein wenig Wehmut schlich sich in ihr Herz, aber dann betrachtete sie wieder ihre glückliche Familie und alles war in Ordnung.

Die Kinder würden Kompromisse zwischen dem Leben im Wald und dem unter den Menschen finden. Somit wurden sie zu Vorbildern einer neuen Welt, in der Menschheit und Wald zusammenwuchsen.

Der Umbau der Welt

Der Wald nahm immer mehr Einfluss auf die Gestaltung der Welt. Nicht zuletzt half Kaspar dabei mit, da er als eine Art Dolmetscher zwischen dem Wald und der Regierung fungierte. Schließlich wurde er zum offiziellen Berater der Bundesregierung ernannt.

Viele Städte und Ortschaften wurden in die umliegenden Wälder integriert. Man wollte sie als Teil eines einzigen großen Waldes sehen.

Wo das gelang, durchdrang der Wald alles. Seine vielfältigen tierischen Bewohner bildeten eine Art Schwarmintelligenz aus. Auch die Menschen wurden ein Teil davon. Kaspar hatte den Anfang gemacht, aber viele weitere folgten. Andere Ökosysteme schlossen sich an: Wiesen, Heidelandschaften, Moore, das Hochgebirge, Gewässer, darunter Flüsse, Bäche, Seen, Meere, diese alle mit Fischen und Plankton, dann das Reich der Lüfte mit Insekten und Vö-

geln und viele weitere Klein- und Kleinst-
systeme. Diese Systeme wuchsen zusammen und steuerten sich selbst. Die Mitglieder dieses globalen Systems handelten zum
Wohl des Ganzen. Selbst die meisten egois-
tischen Menschen lernten, ihre eigenen Interessen hintanzustellen. Die Gegner dieser
Entwicklung wurden weniger und hielten
sich vorerst zurück.

Auf diese Weise wurde die Heilung der
Welt eingeleitet. Der größte und wichtigste
Wald der Welt, der Regenwald am Ama-
zonas wurde geschützt und breitete sich
wieder aus. Der Weg dahin war steinig. Er
erwies sich deshalb als gar nicht so einfach,
weil die Brasilianer eigene Interessen bei
der Rodung vertreten hatten und nicht ein-
sahen, dass sie das im Interesse der restli-
chen Welt ohne Kompensation aufgeben
sollten. Es wurde ein weltweiter Pakt geschlossen, um Entschädigungszahlungen
an Brasilien zu finanzieren.

Das waren noch Anfangsschwierigkei-
ten. Später wurden Aktionen im Interesse
der ganzen Welt zur Selbstverständlichkeit.

In großem Umfang zog die Politik mit. Es lief fast wie von selbst, gab es doch wirklich kaum eine bessere Verwendungsmöglichkeit für Steuergelder, als sie in die Vergrößerung der Waldgebiete zu stecken. Man konnte das leicht bei den Verteidigungsausgaben einsparen, da durch die gemeinsamen Anstrengungen, ein weltweites Waldgebiet zu schaffen, die politischen Spannungen in den Hintergrund traten, ja mit der Zeit durch die Symbiose mit den globalen Ökosystemen ein globales Verständnis füreinander entstand.

Der Konflikt mit der Wirtschaft stellte allerdings noch eine Herausforderung dar. Zu sehr hatten die Unternehmer über ihren Lobbyismus Einfluss auf die Politik genommen. In dieser Hinsicht handelten die Politiker nur zögerlich. Solch ein Paradigmenwechsel, wie er hier erforderlich war, konnten die herrschenden Parteien ihrer Klientel schwer vermitteln. Die Wirtschaft pochte auf früher gemachte Zusagen. Einmal gegebene Versprechen dürften nicht gebrochen werden, wurde eingewendet. Dem stand mittlerweile eine grundlegend

veränderte Wählerschaft gegenüber. Neu-
wahlen drohten und würden alles ändern.

Darf man also ein Versprechen brechen?
Zunächst einmal natürlich nicht. Ein Wort
ist ein Wort. Ohne Verlässlichkeit funktioniert nichts. Was problematisch wird sind
langfristige Versprechen. Ein Versprechen
für etwas zu geben, was man nicht überbli-
cken kann, ist fahrlässig. Möglicherweise
erweist sich die versprochene Handlungs-
weis später als falsch. Sie kann sogar un-
moralisch sein. Solche Zusagen sind ihrer
Natur nach eher Absichtserklärungen. Man
kann zukünftige Entwicklungen kaum vo-
raussehen. Zusagen an die Energiekonzer-
ne, die Autoindustrie etc. sind temporäre
Weichenstellungen gewesen, müssen aber
immer wieder überdacht werden. Die Aus-
einandersetzungen um den Hambacher
Forst haben das gezeigt. Derartige Versprechungen gegen alle Vernunft beizubehal-
ten, kann eventuell sogar für Sturheit stehen. In unserer sich ständig weiter entwi-
ckelnden Welt hat das gesprochene Wort
seinen magischen Zauber verloren – es ist
Teil eines fortwährenden Entscheidungs-
prozesses, dessen Gültigkeit immer wieder

auf den Prüfstand gestellt werden muss. Bereits im Matthäusevangelium belehrte uns Jesus: „Ihr habt gehört, dass zu den Alten gesagt worden ist: Du sollst keinen Meineid schwören, und: Du sollst halten, was du dem Herrn geschworen hast. Ich aber sage euch: Schwört überhaupt nicht, weder beim Himmel, denn er ist Gottes Thron, noch bei der Erde, denn sie ist der Schemel für seine Füße, noch bei Jerusalem, denn es ist die Stadt des großen Königs. Auch bei deinem Haupt sollst du nicht schwören; denn du kannst kein einziges Haar weiß oder schwarz machen."

Das gibt zu denken. Und es ist doch tatsächlich so: Feierliche Schwüre, Gelübde, Eide und Versprechungen haben nur einen einzigen Grund, nämlich den, Eindruck zu machen, die Sache bedeutsam erscheinen zu lassen. Sie sind bombastische Ankündigungen und dienen der Manipulation des Publikums. Sinnvoll sind sie nicht. Für eine Bindung schließt man einen befristeten Vertrag. Ist er nicht befristet, sollte er zumindest kündbar sein. Alles andere ist nur Tamtam, garniert mit großspurigen Erklärungen. Je endgültiger sie formuliert werden, desto großspuriger sind sie.

Sicherheit bei Zusagen ist nun einmal nur eine Illusion. Selbst die verfassungsmäßig zugesagten Grundrechte könnten mit 2/3-Mehrheit des Bundestages wieder entzogen werden.

Manchmal muss man einfach die Realität akzeptieren. Ein Monarch, der bei seiner Krönung versprochen hat, dieses Amt sein Leben lang zu verrichten, kann eines Tages zu der Erkenntnis gelangen, dass er es seinem später geborenen Sohn schuldig ist, beizeiten abzudanken. Er sollte es tun.

Ein anderes Beispiel bieten Eheversprechen. Sie werden für das ganze Leben gegeben und doch ungefähr genauso oft gebrochen wie gehalten. Hier allerdings handelt es sich um persönliche Versprechen und da gebietet die Selbstachtung, das Versprechen zu halten. Darüber hinaus gilt, dass sich der Zauber einer Ehe umso mehr entfaltet, je länger sie dauert.

Gerade bei Politikern ist die äußere Form wichtig. Will man aus einem Versprechen aussteigen, so sieht es vor der Öffentlichkeit besser aus, wenn man sich formal von dem ehemaligen Versprechen entbinden lässt. Hat man das Versprechen dem Volk gegeben, kann man das Volk dazu befragen.

Tatsächlich gab es im Fall der neuen waldfreundlichen Gesetzgebung in mehreren Ländern Volksbefragungen, die alle zugunsten der waldfreundlichen Politik ausfielen.

Trotzdem ließ eine vollständige Lösung auf sich warten. Die Politiker zierten sich, aber Mehrheiten verschoben sich und das begünstigte den Wandel – leider jedoch nicht überall.

Da, wo der Wandel durchgedrungen war, nutzte man den Wald zwar weiterhin, aber eben nachhaltiger als vorher – eher in Form einer Pflege. Der Wald seinerseits produzierte die von den Menschen gewünschten Güter in dem Maße, wie es vernünftig war.

Der Wald tat mehr. Neue Naturheilmittel entwickelten sich, die viele Leiden linderten.

Weitere kleinere Gefälligkeiten gewährte der Wald. Dazu gehörte, dass die Zecken keine infizierten Tiere mehr bissen und keine Krankheiten übertrugen. Ganz darauf zu verzichten, Menschen zu beißen, das ließ sich von den Zecken dann doch nicht verlangen.

Kaspar erwies sich als die treibende Kraft. Er arbeitete dafür, dass Wald und Menschheit auf eine echte Symbiose zusteuerten. Der ganze Planet würde davon profitieren.

Gern fragte Kaspar den Wald um Rat und oft genug half ihm das weiter. Nicht alles konnte er verstehen, was der Wald ihm mitteilte. Es ließ sich eben nicht verbal entschlüsseln. Viel lief über die Gefühlsschiene.

Dann gab es auch Zahlenrätsel. Zahlen gab es genug im Wald. Die Zahl der Äste, der Blätter, der Pilze usw. Ein Zahlenrätsel, das Kaspar bald erkannte, aber nicht entschlüsseln konnte, betraf die Ziffernfolge 2112. Der Wald führte ihn immer wieder auf diese Ziffernfolge, wodurch klarwurde, dass sie wichtig für ihn sein musste. Was sollte sie ihm sagen?

Kaspar konnte sich keinen Reim darauf machen. Sicher, es handelte sich um ein Palindrom, das heißt, man konnte die Ziffern von hinten nach vorn lesen und erhielt die gleiche Zahl. Kaspar versuchte noch alle möglichen weiteren Zahlenspielereien, ohne dass er einen Sinn darin entdecken konnte. Schließlich entdeckte er einen unglaublichen Zufall: 2112 war die Geheimzahl seiner EC-Karte. Er kannte sie auswendig und hatte es doch zunächst nicht bemerkt.

Weiter kam er zunächst nicht. Vielleicht war es ganz trivial und bedeutete ein Datum: den 21.12. Dann fehlte aber das Jahr. Kaspar wartete den 21.12. des laufenden Jahres ab. Der Tag kam und ging. Nichts geschah – jedenfalls nichts, was mit dem Rätsel in Verbindung zu stehen schien. So blieb es. Dieses Rätsel würde er wohl zu seinen Lebzeiten nicht mehr lösen können.

Leider waren die Mitteilungen des Waldes nicht immer angenehm. So auch, als sie ihm seinen baldigen Tod vorhersagten. Er lebte so intensiv mit dem Wald zusammen, dass dieser seinen Gesundheitszustand besser kannte als er selbst. Er musste diese Mitteilung hinnehmen und dankbar dafür sein, sich vorbereiten zu können. Indes hatte er sein Leben pflichtbewusst gelebt und es gab nichts, was er hätte noch geraderücken müssen. So erwartete er gelassen, was kommen sollte.

Der Übergang

Kaspar hatte der Welt viel Gutes getan. Auf seine Weise fand er selbst sein Glück dabei. Er lebte in Harmonie mit der Natur, begrüßte den Tag mit einem Lächeln und schlief abends mit einem Dankgebet ein. Schöneres als das Leben im Wald konnte er sich nicht vorstellen. Er genoss sein Leben.

Trotz seiner gesunden Lebensweise wurde er eines Tages todkrank. So ist der Gang der Welt. Keiner wird verschont. Der Wald hatte es ihm prophezeit, was mit sich brachte, dass er ihm auch nicht helfen konnte, das diesseitige Leben zu verlängern. Auch die Ärzte konnten nichts mehr für ihn tun und er zog sich zum Sterben mit seiner Familie tief in den Wald zurück, suchte sich einen schönen Platz und legte sich auf dem Moos nieder. Er verabschiedete sich von seinen Lieben und schloss die Augen. Sein Geist wurde überflutet von einem tiefen Gefühl des Verstehens. Es war keine Erleuchtung, er erlangte kein höheres Wissen, nur die Gewissheit, dicht davor zu stehen, die letzten Geheimnisse des Lebens zu durchdringen. Ein winziger Schritt trennte ihn davon. Die Ruhe des Waldes durchströmte ihn, er atmete tief ein und fuhr seine Körperaktivitäten hinunter, bis der Dopamin-Schub einsetzte und ihn sanft hinüberdösen ließ.

Der Wald nahm ihn zu sich auf, ließ ihn in den Boden einsinken, begrub ihn, deckte ihn zu. Kaspar war jetzt auf Dauer ein Teil des Waldes geworden. So hätte er es sich gewünscht. Ob sein Jenseits ein Wald sein würde oder ob er durch den Wald mit der Welt verbunden bleiben würde, konnte niemand mit Sicherheit sagen. Die Zurück-gebliebenen glaubten jedoch, durch den Wald mit ihm kommunizieren zu können. War tatsächlich er es, der etwas von sich zu geben schien, oder nahm der Wald seine Stelle ein? Das zu beantworten, war nicht wirklich wichtig, solange man an die Ein-heit von Wald und Menschheit über den Tod hinaus glaubte.

Er starb an einem 21.12. Wieder die Ziffernfolge 2112. Niemand hatte mehr an das Zahlenrätsel gedacht, das ihn einst so sehr beschäftigt hatte. Jetzt fiel es jedoch auf und man begann, sich um ein Verständnis der tieferen Symmetrie der Welt zu bemühen.

Kaspars Familie kämpfte darum, dass er dort im Wald liegenbleiben konnte, wo er gestorben war. Es gab allerdings Gesetze, die das erschwerten. Begräbnisse durften nur auf bestimmten Grundstücken vorgenommen werden. Da Kaspars Verdienste jedoch allseits anerkannt wurden, einigte man sich schließlich darauf, das Waldstück, in dem er lag, zu einem naturbelassenen Friedwald mit geringer Belegungsdichte zu erklären. Dieser Friedwald wurde sogar nach ihm benannt. Kaspar hatte nun endgültig seine Ruhe gefunden.

Da er durch seine umfangreiche Tätigkeit für Menschheit und Wald bekanntgeworden war, gab es eine große öffentliche Abschiedsfeier.

Sein Vermächtnis blieb. Andere, nicht zuletzt seine Kinder, führten sein Werk fort.

Die Zurückgebliebenen

Der Waldmensch Kaspar hatte mitgeholfen, die Welt großenteils mit dem Wald zu versöhnen. Eines Tages war er selbst Teil des Waldes geworden. Seine Frau Birgit und seine Kinder Urs und Lea waren zurückgeblieben.

Birgit, Urs und Lea gingen oft zu der Stelle, wo Kaspar in den Wald eingegangen war. Eine Eiche war dort gewachsen. Birgit streichelte das Bäumchen jedes Mal zärtlich, wenn sie dorthin kam. Es fühlte sich an, als würde sie ihren Mann in seiner neuen Form berühren. Die Temperatur der Rinde passte sich der Wärme ihrer Haut an, schien auf ihre Berührung zu reagieren. Der Baum strahlte Kraft und Zuversicht aus. Sie setzte sich an die Wurzel des noch jungen Baumes. In der Ruhe des Waldes spürte sie ihren eigenen Herzschlag. Sie sprach mit Kaspar und hatte das Gefühl, dass er sie hörte und ihr antwortete.

Zeit hatte keine Bedeutung mehr. Kaspar war bei ihr – im Wald. Sie waren Ruhepole in einer sich sanft wandelnden Umgebung, die doch dieselbe blieb. Das bedeutete wahre Geborgenheit, das könnte das Ziel sein.

Sie hätte für immer so bleiben können, aber ihre Kinder holten sie in die Gegenwart zurück. Noch musste sie ihre Pflicht in dieser Welt erfüllen, bevor sie eines Tages endgültig zu Kaspar gehen könnte.

Die Familie hielt in ihrer Verbundenheit mit dem Wald zusammen. Sie wollten sich einbringen und pflanzten eine Linde neben die Eiche. Vielleicht würde dieser neue Baum einst Birgit verkörpern, so wie jetzt schon die Eiche Kaspar. War es nicht der Traum der Liebenden, als Bäume auf ewig miteinander vereint zu sein wie Philemon und Baucis als Eiche und Linde? Ovid erzählte davon. Was für ein Geschenk der Götter!

Das Weiterleben der Menschen in den Bäumen ist oft besungen worden. Man erinnert sich an Fontane mit seinem Gedicht vom Herrn von Ribbeck zu Ribbeck im Havelland. In dem Fall war es ein Birnbaum, in dem der Mensch weiterlebte. Bekannt ist auch Daphne, die auf ihrer Flucht vor dem liebestollen Apoll von ihrem Vater in einen Lorbeerbaum verwandelt wurde und so vor ihrem Verfolger geschützt war. Der Gedanke an ein Weiterleben als Baum hat immer wieder etwas Beruhigendes.

Birgit setzte das Werk ihres Mannes fort. Sie engagierte sich im Waldparlament. Diese Volksversammlungen waren vereinzelt eingeführt worden und verbreiteten sich. Sie wurden im Stil eines germanischen Things im Wald abgehalten. Jeder hatte Rederecht, Entscheidungen wurden basisdemokratisch getroffen.

Viel wurde für die Umwelt getan. Der Klimawandel schwächte sich zwar langsam ab, aber er war doch schon so weit fortgeschritten, dass viel zu heiße und trockene Sommer zu beklagen waren. Waldbrände drohten nach wie vor. Lange Hitzeperioden wechselten mit sintflutartigen Regenfällen. Nach der Hitze waren die Böden derart ausgetrocknet, dass sie die folgenden Regenmassen nicht aufnehmen konnten. Das Wasser floss ungenutzt ab. Hier nun griffen die Menschen ein, entwickelten ein Bewässerungssystem für die Wälder, das überschüssiges Wasser auffing und den Wäldern nach und nach wieder zuführte. So konnte das Überleben der Wälder ohne Wasserverschwendung ermöglicht werden.

Die Zeit forderte ihren Tribut auch von Birgit. Auch sie ging zum Sterben in den Wald. Sie starb zwar nicht an einem 21.12. wie ihr Mann, aber die Uhr zeigte 21:12 bei ihrem Tod. Die inzwischen erwachsenen Kinder, von ihrem Vater Kaspar seinerzeit für die Ziffernfolge 2112 sensibilisiert, bemerkten den scheinbaren Zufall, ohne ihn erklären zu können.

Birgit hatte sich bei der Linde zur Ruhe gelegt. Nach ihrem Tod fanden sich Urs

und Lea regelmäßig bei Eiche und Linde
ein.

Der Klimawandel war verlangsamt
worden, ganz aufhalten ließ er sich nicht
mehr. Zu viel Porzellan war zerschlagen
worden. Würde die Menschheit das überleben können? Sich einzumauern und alles
zu klimatisieren, hätte sich als Lösung nicht
angeboten. Der Energieverbrauch wäre
unvertretbar und nicht klimaneutral gewesen.

Ein anderer Weg wurde gefunden: Der
Mensch musste sich ändern. Man arbeitete
am genetischen Design eines neuen Menschen. Er sollte mit den höheren Tempera-
turen besser zurechtkommen und in der
Natur leben, genauer: im Wald. Um eine
Rückzüchtung zum Affen handelte es sich
nicht. Keine Angst! Über Intelligenz sollte
der neue Mensch immer noch verfügen,
allerdings war eine Intelligenzsteigerung
nicht das vordringliche Ziel. Vielmehr
wurde Wert auf eine friedfertige, verant-
wortungsvolle Verhaltensweise gelegt.

Eine weitere Frage ergab sich: Sollte man die Lebenserwartung verlängern? Man entschied sich dafür, dies nur in ganz geringfügigem Maße zu tun. Zu wichtig war die Endlichkeit und Überschaubarkeit seiner Existenz für den Menschen. So war er konzipiert, so funktionierte er. Die Folgen eines Eingriffs an dieser Stelle wären unabsehbar gewesen.

Ferner sollte die Vermehrung auch künftig auf natürliche Weise stattfinden. Lediglich nach und nach sollten einige Individuen mit neuen Eigenschaften hinzukommen. Das Ganze sollte geheim bleiben.

Urs arbeitete in den Gen-Laboratorien mit und seine Arbeit unterlag der strengsten Geheimhaltung.

Urs und Lea waren in enger Wechselwirkung mit dem Wald aufgewachsen. Sie hatten sich seit ihrer Kindheit von Gleichaltrigen unterschieden. Das schliff sich mit der Zeit ab, nicht zuletzt deshalb, weil die beiden sich in die Gemeinschaft der Menschen einfügen wollten. Nun waren sie in einem Alter, da sie ihren Weg zwischen Wald und Gemeinschaft finden mussten. Besonders die Partnersuche war nicht einfach, jedenfalls für Urs. Lea konnte sich nicht beklagen, sie wurde von jungen Männern umschwärmt. Urs dagegen war zu schüchtern, um selbst Eroberungen zu machen. Ihm kam der Wald zu Hilfe.

Bei einem seiner Streifzüge durch den Wald stieß er auf eine junge Frau seines Alters, die dort spazieren ging. Das war an sich nicht ungewöhnlich, galt doch der Wald schon seit einiger Zeit als sicher, genauer, seit Kaspar mit seinen Kollegen seinerzeit für Ordnung gesorgt hatte.

Dieses Mädchen erwies sich jedoch als besonders. Sie trat zu einer gewaltigen Eiche heran und umarmte sie innig. Erstaunlicherweise reagierte die Eiche. Ihre Blätter rauschten – war es der Wind? – und schienen das Mädchen zu streicheln. Mehr noch, die Äste schienen Urs herbeizuwinken, und nicht nur die Äste der Eiche: All die Büsche und Zweige zwischen Urs und der Eiche schienen sich zur Seite zu beugen, um ihm den Weg dorthin freizumachen. Urs spürte, wie es ihn förmlich dorthin zog. Er folgte diesem Sog und umarmte ebenfalls die Eiche – von der anderen Seite. Welche Seligkeit durchströmte ihn! Es war ein Gefühl der Harmonie mit der Welt, der Eiche und dem Mädchen, dem er zulächelte. Sie erwiderte sein Lächeln und ihre Fingerspitzen berührten sich zaghaft.

„Entschuldigung!", stammelte Urs und errötete.

„Du brauchst dich nicht zu entschuldigen", sagte das Mädchen. „Wer den Wald liebt, ist mir willkommen. Ich heiße Ludmilla."

Urs stellte sich ebenfalls vor und erzählte von seiner Verbundenheit mit dem Wald. Zwischen ihnen entstand schnell eine innere Vertrautheit, vermittelt durch die gemeinsame Liebe zum Wald. Sie standen sich gegenüber und reichten sich wortlos die Hände in einer Weise, dass die Arme einen Kreis bildeten, in dem sie gewissermaßen den Wald mit einbezogen.

Tief sahen sie sich dabei in die Augen. Sie neigten sich langsam einander zu, bis sie sich schließlich unter dem rauschenden Blätterdach des Waldes umarmten und küssten. Die Luft duftete nach Laub und

Moos und die leisen Geräusche des Waldes verbanden sich zu einer Art Sphärenmusik. Sie hatten miteinander ohne Worte in der gleichen Weise kommuniziert wie mit dem Wald. Sie fühlten einfach, was sie dachten. Eine Art Telepathie des Waldes.

Als sie aus ihrer Umarmung erwachten, war es schon spät. Sie gingen gemeinsam zu ihrer Wohnung. Dort verabschiedete sich Urs von Ludmilla, und sie verabredeten, sich am nächsten Tag wieder bei der Eiche zu treffen.

Ludmilla

Ludmilla passte gut zu Urs. Sie war als Einzelkind aufgewachsen und hatte in ihrer Kindheit viel allein im Wald gespielt. Sie hatte später Freundinnen gefunden, stand aber nie gesellschaftlich im Mittelpunkt. Umgekehrt hatte sie auch kein Bedürfnis nach gesellschaftlicher Geltung und beurteilte die Menschen nicht nach ihrem Rang, sondern nach ihren inneren Werten. So kam es, dass weder die Leithammel unter den Menschen noch deren Mitläufer ihr Interesse fanden. Sie bewunderte Eigenständigkeit.

Die Liebe zum Wald blieb ihr erhalten und wurde immer wichtiger. Ihre Begegnung mit Urs war aus einem gemeinsamen Erleben des Waldes entstanden. Beide waren intensiv mit dem Wald verbunden und so bildete sich eine Verbundenheit auch zwischen ihnen. Nicht dass der Wald wirklich eingegriffen hätte, aber er erzeugte diese Atmosphäre, in der die beiden für einen Augenblick die einzigen Menschen auf der Welt zu sein schienen. Ein Erlebnis, das beide verzauberte.

Urs und Ludmilla wurden ein Paar. Sie stellten sich gegenseitig ihren Familien vor. Urs lernte bei Ludmillas Mutter das gute Essen der Menschen zu schätzen. Hatte er sich bisher viel darauf eingebildet, von dem leben zu können, was der Wald ihm bot, so musste er sich nun eingestehen, dass es Spaß machen konnte, dem Gaumen Neues zukommen zu lassen.

Sein Lieblingsessen wurde Blumenkohl mit Schinken-Käse-Soße. Eigentlich ein recht einfaches Gericht und doch überraschend gut, wenn man es nicht kannte. Ludmillas Mutter hatte das Rezept einmal bei einer Diät kennengelernt. Tatsächlich konnte man damit Kalorien sparen, aber daran dachte die Gute schon lange nicht mehr. Sie bereitete die Soße für den Blumenkohl mit Sahne-Schmelzkäse und viel gekochtem Schinken zu. Dazu gab es reichlich Kartoffeln, die nicht nur als Sättigungsbeilage dienten, sondern eine wichtige geschmackliche Rolle spielten. Sie harmonierten derart gut mit den anderen Bestandteilen des Essens, dass sie in großer Menge gebraucht wurden. Urs war begeistert.

Umgekehrt führte das Paar Ludmillas Familie in die Geheimnisse des Waldes ein.

Trotzdem blieben noch Geheimnisse. Über seine Arbeit sprach Urs fast dar nicht. Natürlich wurde Ludmilla neugierig. Eines Tages wagte sie es, Urs ganz direkt zu fragen:

„Kannst du mir sagen, was du da machst, oder müsstest du mich dann töten?"

Urs lachte:

„Nah dran. Es ist tatsächlich streng geheim. Aber das wird sich hoffentlich bald ändern. Dann erzähle ich dir alles."

Das war es erstmal.

Ein Jahr später war die Geheimhaltung gelockert worden und Ludmilla hatte alles erfahren, was sie wissen wollte. Und sie wollte viel wissen. Das hatte seinen Grund: Ludmilla und Urs hatten inzwischen geheiratet – die Zeremonie fand natürlich im Wald statt – und planten, Kinder zu bekommen. Da Urs vom Fach war, dachten die beiden sogar über eine Genmanipulation bei ihrer eigenen Familienplanung nach. Das kam jedoch für Ludmilla überhaupt nicht in Frage. Sie wollte ein Geschenk ihrer Liebe und der Natur, ohne wissenschaftliche Einflussnahme. Das hätte sie unromantisch gefunden. Urs folgte ihr in diesem Punkt und so ließen sie der Natur ihren Lauf.

Der Wald sollte eine Rolle dabei spielen. Sie glaubten, dass ihnen eine Zeugung im Wald Glück bringen würde. So war es ja auch schon bei Urs' Zeugung gewesen, wie ihm seine Eltern erzählt hatten.

Die Stimmung im Wald war ideal für ein Schäferstündchen. Außerdem bot er jede Menge Anregungen. Urs und Ludmilla bezogen den Wald in ihre Sexpraktiken mit ein, so zum Beispiel, wenn Ludmilla mit dem Rücken an einen Baumstamm gepresst wurde, während Urs von vorn in sie eindrang. Der Fantasie waren keine Grenzen gesetzt. Die Astgabel eines umgestürzten Baumes eignete sich als Hilfsmittel für mehrere Stellungen. Sie fanden so viel Spaß daran, diese auszuprobieren, dass sie das eigentliche Ziel ihrer Zusammenkunft, die Zeugung der Kinder, darüber fast vergaßen. Aber das kam ganz von allein.

Der Kindersegen würde sich bald einstellen.

Urs und Ludmilla waren glücklich miteinander. Eines Tages im Wald erzählte Urs Ludmilla von den Einhörnern, die er mit seinen Eltern kennengelernt hatte. Er bot ihr an, mit ihr in den Wald zu fahren, wo sie sie getroffen hatten. Ludmilla fiel ihm begeistert um den Hals.

So lernte auch Ludmilla die Einhörner kennen. Sie sollte dieses Erlebnis nie vergessen. Urs fragte sie:

„Hast du dir schon einmal vorgestellt, wie es wäre, wenn wir zwei Einhörner wären, die durch ein Fantasieland streifen?"

„Das wäre schön, aber es ist ein Traum. Wir haben unsere Aufgabe hier als Menschen."

„Sicher. Aber träumen darf man doch, oder?"

„Natürlich. Träumen wir gemeinsam!"

Sie träumten und schwärmten.

Schließlich schrieb Urs ein Lied dazu, das er als eine Art Hymne für den Wald empfand. Er vertonte es als Duett. Den Text hatte er auf Englisch verfasst, damit es auf der ganzen Welt verstanden werden würde. Es ging so:

Two unicorns in paradise

Tenor:
Unicorn, oh unicorn
I knew I was forlorn
Until I finally met you today
You are my dream, you cross my way.

Soprano:
Ranger, oh ranger,
Don't bring me into danger!
Can't you just see
That I need to be free?
I will be as human as you.
If I change my shape, it will be true.

Soprano:
Look into my eyes!
Tenor:
I look into your eyes.
Tenor and soprano:
A dreamworld opens up to you and me.
Soprano:
The sky so wide …

Tenor:
The sky so wide …
Tenor and soprano:
The stars so bright, I can barely see.
Mighty mountains and cool rivers,
Meadows with flowers, lakes in turquoise gloss,
Spectacular forests with fern and moss.

Tenor:
Wonder of wonders, how can that be:
You changed your shape as far as I can see.
A unicorn once, a virgin now,
a beautiful virgin with a virgin glow.

Soprano:
Look into my eyes!
Tenor:
I look into your eyes.
Tenor and soprano:
A dreamworld opens up to you and me.
Soprano:
The sky so wide …
Tenor:
The sky so wide …
Tenor and soprano:
The stars so bright, I can barely see.

Mighty mountains and cool rivers,
Meadows with flowers, lakes in turquoise gloss,
Spectacular forests with fern and moss.

Tenor:
Give me some more magic of this kind
Help me, please, to change my body and mind.
I want to be a unicorn like you
Let's change our shapes together, turn our destinies askew.
Let the two of us be unicorns

Soprano:
Look into my eyes!
Tenor:
I look into your eyes.
Tenor and soprano:
A dreamworld opens up to you and me.
Soprano:
The sky so wide …
Tenor:
The sky so wide …
Tenor and soprano:
The stars so bright, I can barely see.
Mighty mountains and cool rivers,

Meadows with flowers, lakes in turquoise gloss,
Spectacular forests with fern and moss.

Tenor:
Oh my love, it worked out so beautiful with pleasure
We are both unicorns striding through the forest.
Two unicorns in paradise, gliding like feathers.
Please, let it be like this forever!
Tenor and soprano:
We are two unicorns in paradise.

Sie luden den Song bei YouTube hoch[1] und spielten ihn später ihren Kindern vor.

---

[1] Dort ist er tatsächlich zu finden, allerdings unter meinem Namen. Der Autor.

Die Kinder

Urs und Ludmilla bekamen vier Kinder: zwei Jungen – Andreas und Michael – und zwei Mädchen – Charlotte und Hildegard. Alle fünf Kinder kamen gesund und munter auf die Welt.

Sie lernten von Anfang an, mit Achtsamkeit durchs Leben zu gehen. Wenn sie durch den Wald tollten, achteten sie darauf, nichts zu zerstören. Das hielt sie nicht auf, im Gegenteil, sie erahnten intuitiv die günstigsten Wege und waren, wenn sie Fangen spielten, schneller als ihre Altersgenossen.

Die Kinder blieben Draufgänger, auch als sie größer wurden. Am schlimmsten war Charlotte. Sie schleppte die Jungen reihenweise in den Wald ab, um dann mit ihnen herumzupussieren. Später, als sie erwachsen wurde, hatte sie Sex im Wald mit Männern ihrer Wahl. Das ging lange Zeit so, ohne dass es ihr ernst mit einem war. Einmal hätte einer, er hieß Paul, sie fast überredet, mit ihm dauerhaft in der Zivilisation zu leben. Es wurde nichts daraus.

Schade, dass der Funke nicht übersprang. Aber der Tag kam, dass es geschah. Diesmal hieß der junge Mann Rudolf. Charlotte hatte in mit in den Wald gebracht, um ihm die Schönheit der Natur zu zeigen. Sie begegneten einem Reh. Die Rehe trafen sich oft mit Charlottes Familie, seit Kaspar damals eins von ihnen gerettet hatte. Nie allerdings kamen sie zu Charlotte, wenn sie in Begleitung war. Diesmal war es also anders. Und noch mehr Ungewöhnliches geschah. Das Reh schnaubte fiepend durch den Windfang (so heißt die Nase beim Reh). Hatte es mit ihnen kommuniziert? Charlotte glaubte, es verstanden zu haben. Es hatte gerufen:

„Küsst euch!"

Verstohlen sah sie zu Rudolf. Der erwiderte ihren Blick und fragte:

„Hast du das auch verstanden?"

Na, so etwas! Rudolf schien den Wald und seine Tiere ebenfalls zu verstehen!

Charlotte nickte lächelnd und trat auf ihn zu. Sie fragte schelmisch:

„Und: Wollen wir das tun?"

Auch Rudolf trat auf sie zu und sie küssten sich, wie das Reh es vorgeschlagen hatte, ohne es selbst auszusprechen. Diesmal war die Beziehung von Dauer. Charlotte und Rudolf blieben zusammen.

Und die anderen? Andreas und Michael gründeten eine militante Waldschützer-Organisation. Urs und Ludmilla versuchten, sie zur Gewaltlosigkeit zu überreden. Besonders Urs machte sich Sorgen. Er ermahnte seine Söhne:

„Nicht immer heiligt der Zweck die Mittel. Auch das Wohl des Waldes rechtfertigt nicht den Einsatz von Gewalt."

Die Söhne verlegten sich auf Verhandlungen mit der Regierung und legten schließlich die Waffen nieder.

Bleibt noch Hildegard. Sie widmete sich
der Entwicklung einer einschlägigen Wald-
Technologie. Mit Hilfe von Materialien des
Waldes sollten Maschinen zum Nutzen von
Wald und Mensch gebaut werden. Hier
gab es gewaltige Perspektiven: Be- und
Entwässerungsanlagen, Gipfelwege und
vieles mehr.

Ludwig

Urs hatte also eine Partnerin gefunden. Seine Schwester Lea brauchte die Hilfe des Waldes bei der Partnersuche nicht. Die jungen Männer liefen ihr auch so nach. Allerdings wollte sie nicht erobert werden; sie wollte selbst suchen. Wovon sie träumte, war nicht ein Draufgänger, sondern ein umsichtiger stiller Typ, der ihr Raum zur Entfaltung ließ, der nicht so sehr ihre Bewunderung brauchte, vielmehr sie bewunderte. Sie fand ihn eines Tages.

Sie begegneten sich in der Warteschlange der Mensa der Uni, an der Lea Biologie studierte. Sie kam angerannt, weil sie noch schnell vor der Vorlesung essen wollte und spät dran war. Entsetzt blieb sie vor der endlosen Schlange stehen.

„Oh, nein!", keuchte sie.

Da winkte sie ein blonder Lockenkopf mit Brille, der recht weit vorn in der Schlage stand, zu sich heran.

„Darf ich dich vorlassen?", flüsterte er.

„Wow, das wäre super", flüsterte Lea zurück.

„Komm, stell dich zu mir und tu so, als ob wir zusammengehören! Dann gibt es keine Probleme", wisperte der Junge. „Ich heiße Ludwig."

Lea umarmte ihn flüchtig wie einen guten Freund, den sie gerade zufällig getroffen hatte, und stellte sich leise ebenfalls vor.

Sie setzten sich gemeinsam zum Essen und Ludwig erzählte, dass er Mathematik studiere. Es stellte sich heraus, dass er im gleichen Semester war wie Lea. Zwar studierten sie verschiedene Fächer, aber es gab trotzdem Berührungspunkte. Mathematische Methoden wurden auch in der Biologie benutzt.

Ihre Vorlesung vergaß Lea vollkommen. Sie unterhielt sich lange mit Ludwig. Nach dem Essen tauschten sie ihre Handynummern aus und siehe da: Ludwigs Nummer endete auf 2112. Wenn das kein Zeichen war! Ludmilla kannte das Zahlenrätsel ihrer Familie.

Ludwig erfüllte alle Kriterien, die Lea sich für einen Partner zurechtgelegt hatte, aber das Wichtigste war: Zwischen ihnen hatte es gefunkt! Das passierte gleich am Anfang. Sie hatten gemeinsam gegessen und waren noch auf dem Campus spazieren gegangen.

Völlig fasziniert von Leas Familiengeschichte, erzählte Ludwig aus seinem Leben, das er im Gegensatz zu Leas als langweilig empfand. Nichts Spektakuläres war jemals vorgefallen. Er hatte sich immer nur für Mathematik und Naturwissenschaften interessiert. Auf diesem Gebiet kannte er sich gut aus, aber noch nie hatte ein Mädchen sich dafür interessiert. Lea war die erste. Was für ein Wunder! Und was für ein Mädchen: mittelgroß, blond, graublaue Augen, heller Teint, ein bezauberndes Lächeln! Er war bis über beide Ohren verliebt.

Lea erging es nicht anders. Dieser verträumte Nerd wirkte so schutzbedürftig auf sie, dass sie glaubte, sich unbedingt um ihn kümmern zu müssen. Und das machte

Spaß! Wie er sie vergötterte! Sie fühlte sich als etwas Besonderes, was sie ja auch war. Aber dieser Junge sah mehr in ihr als jeder andere. Das mochte sie. Sie öffnete ihm ihr Herz und sah in seins. Was sie dort sah, gefiel ihr.

Ludwig hatte allerdings bisher keine Beziehung zum Wald. Er konnte als Stubenhocker bezeichnet werden. Dem konnte abgeholfen werden! Lea schleppte ihn bei jeder Gelegenheit in den Wald. Es machte ihr Spaß, ihn in all die kleinen Geheimnisse der Natur einzuweihen.

Der ruhige junge Mann fand Gefallen daran und erzählte Lea von den Reizen der Mathematik. Sie verbrachten herrliche Stunden miteinander.

Nach einer Weile entwickelten sie ein mathematisches Modell für die Ausbreitung des Waldes. Sie fanden, dass es ziemlich schnell gehen müsste, wenn erst einmal die verbliebenen Widerstände der Menschen beseitigt werden würden. Das wiederum würde nicht einfach werden.

Sie gründeten mit Kommilitonen ein Komitee zum Schutz des Waldes. Ihre ganze Freizeit ging in diese Aktivitäten. Das machte nichts; sie hatten ja sich und ihre Ziele. Manche ihrer Freunde bekamen mit der Zeit Kinder und Lea wünschte sich auch welche. Ludwig musste nicht überredet werden. Er freute sich darauf, hatte Ähnliches schon gehofft, aber bisher nicht auszusprechen gewagt. Sie bekamen Mia und Ben. Mit ihnen fühlten sich als Familie.

Die Destructo-Bau AG

Der Kampf um den Wald war noch nicht zu Ende. Leider. Immer wieder musste er vor Menschen geschützt werden, die ihre eigenen Interessen höherstellten als das Gemeinwohl der Menschheit. So schnell hatte Kaspar die lebensfeindliche Haltung der Industrie nicht ausmerzen können. Diese Sisyphus-Arbeit musste von seinen Kindern fortgeführt werden.

Da gab es zum Beispiel die Destructo-Bau AG, die riesige Waldgrundstücke erwarb und dann roden ließ, um darauf Wohnsilos oder Fabrikanlagen zu errichten. Unglaublich, dass es das noch gab! Urs organisierte Waldbesetzungen und konnte auf diese Weise das Schlimmste verhindern.

Die Mächtigen der Bau-Firma sahen jedoch nicht untätig zu. Sie wussten schnell, wer hinter den Protesten steckte und nahmen Kontakt zu Urs auf. Sie luden ihn zu einer Besprechung ein. In einem beeindruckenden Konferenzzimmer setzten sie ihn an einen Tisch mit einer Riege hochkaratiger Anzugträger. Damit konnten sie Urs nun wirklich nicht beeindrucken. Also gingen sie die Sachfragen an. Man hatte einen umfassenden Plan zum Schutz des Waldes erstellt, der auch die Interessen der Wirtschaft berücksichtigen sollte. Als ihm der Plan vorgelegt und erläutert wurde, machte Urs keinen Hehl aus seiner Meinung:

„Kommen Sie mir mit etwas, worüber ich nicht lachen muss", schleuderte er ihnen ins Gesicht. „Es ist doch klar, wie dieser sogenannte Plan funktioniert: Sie beuten den Wald weiter aus und speisen uns mit ein paar vagen Versprechungen ab. Daraus wird nichts."

Das Treffen blieb ohne Ergebnis. Nun griffen die Wirtschaftsboss zu anderen Mitteln. Sie beschlossen, den Urheber der Proteste zu beseitigen. Nicht ermorden, sondern entführen wollten sie ihn. Das wäre unblutig und hätte denselben Effekt. Die

171

Firma schickte einige Experten für solche Aufgaben, die Urs bei einem seiner Waldspaziergänge auflauerten. Diese Gelegenheit hatten sie ausgewählt, weil es dort keine Zeugen gab.

So gründlich sie sich auch vorbereitet hatten, mit einem hatten sie nicht gerechnet: mit dem geradezu animalischen sechsten Sinn des Waldsohnes. Urs witterte die Falle sofort. Der Wald verhielt sich anders als sonst. Die Schurken störten das Gleichgewicht der Natur. Obwohl sie sich versteckt hielten, konnte Urs sie förmlich riechen.

Er ergriff die Flucht. Seine Entführer hatten ihn jedoch weiträumig umstellt, wie sich zeigte. Da half ihm der Wald. Ein Schwarm Hornissen griff einige der Schurken an, die das Weite suchten. Urs lief zu dieser Stelle und konnte dort durchbrechen, weil die Hornissen ihm nichts taten. Die gebliebenen Verfolger konnten ihn nicht mehr einholen, da sich der Wald für Urs gleichsam öffnete, seinen Widersachern aber Knüppel in den Weg legte. War es wirklich so? Oder schien es nur so, weil

Urs ein Gespür für den Wald hatte, seine Verfolger aber unachtsam durchs Gestrüpp trampelten wie ein Elefant im Porzellanladen? Den Verfolgern schlugen die Äste ins Gesicht, Dornen verfingen sich in ihren Kleidungsstücken und stachen sie. Urs jedoch sah mit einer Art sechstem Sinn die Schneisen, durch die er rennen konnte.

Wie dem auch sei, Urs hatte offenbar einen Schutzengel – den Wald. Fortuna war ihm hold und er entkam dem Anschlag.

Ab diesem Zeitpunkt wussten Urs und seine Familie, dass die Feinde des Waldes auch vor unfairen Mitteln nicht zurückschrecken würden und sie ergriffen Vorsichtsmaßnahmen.

Der Kampf um den Wald war abermals in eine heiße Phase getreten. Die Feinde des Waldes waren finanzstark und einflussreich und dennoch arbeitete die Zeit für den Wald. Wieder schlug sich nämlich die Öffentlichkeit auf die Seite des Waldes. So war es schon zu Kaspars Zeit gewesen.

Man sah im Wald die Zukunft, ja die Rettung der Welt.

Das zeigte sich auch im Kleinen. Urs traf sich noch manchmal mit Vertretern der Ausbeutung der Natur, um ihnen ins Gewissen zu reden. Gerade bei den Jüngeren von ihnen konnte er durchdringen, aber er sprach auch mit Älteren. Er bot den Vertretern an, jedem ihrer Interessengruppe ein angenehmes Leben bis zu ihrem Tod zu garantieren, wenn sie den Wald in Ruhe ließen.

Die Älteren wollten das nicht. Sie argumentierten, dass sie auch ihre Familien versorgt wissen wollten. Gewährte Urs auch das, erfanden sie andere Ausflüchte. Sie wollten gar nicht nur ihren Lebensunterhalt sichern. Sie wollten immer mehr – ohne Limit! Die pure Gier! Völlig sinnlos! Diese unersättliche Gier war den Menschen anerzogen worden, sie ließ sich nur schwer überwinden. Urs keuchte:

„Ihr macht mich fertig!"

Aber bei einigen fiel doch der Groschen. Sie sahen die Sinnlosigkeit der ungebrems-

174

ten Ausbeutung der Welt ein und gelobten Besserung. Sie wollten auch mit anderen reden und diese überzeugen.

Es blieben immer noch einige, die mit vermehrten Angriffen auf den Wald reagierten. Sie fühlten sich herausgefordert, glaubten sich im Kampf gegen den Wald, dessen Macht sie zu spüren begannen. Als Ziel hatten sie sich seine völlige Vernichtung gesetzt. Riesige Flächen fackelten sie ab. Sie forderten von Urs die Kapitulation mit den Worten:

„Die Welt gehört den Menschen, nicht dem Wald."

Urs entgegnete:

„Der Wald beherbergt doch auch den Menschen. Er bietet eine Lebensform mit Zukunft. Die menschliche Zivilisation ist auf Selbstzerstörung angelegt und richtet auch die Welt zugrunde. Wir erleben derzeit eine Artenvernichtung, wie es sie seit dem Aussterben der Dinosaurier nicht gab. Helft lieber mit, die Welt zu retten!"

Aber sie hörten nicht auf ihn. Es gab keine Einigung, die Vernichtung der Wälder ging weiter.

Es musste etwas geschehen.

Der Wald wehrt sich aufs Neue

Es blieb keine andere Möglichkeit: Der Wald musste sich aufs Neue wehren. Und er tat es. Im Kongo brütete er ein Virus aus, der noch gefährlicher als Ebola war. Höchste Infektionsraten, schleichender, aber tödlicher Krankheitsverlauf. Die Plage breitete sich rasend schnell aus und drohte, die Menschheit auszurotten.

Zunächst versuchte man die Infektionsketten zu identifizieren und die Gefährder zu isolieren. Da stieß man schnell an Grenzen. Zu spät erkannte man die Infizierten, da sie schon vor dem Auftreten der Symptome virulent waren. Tests mussten erst noch entwickelt werden und waren dann zu langsam für eine flächendeckende Überprüfung der Bevölkerung. Hinzu kam, dass das Virus hochansteckend war und sich rasend schnell verbreitete.

Die Mortalitätsrate war erschreckend hoch. Man richtete Quarantänezonen ein. Zu spät in den meisten Fällen. Die Quarantänemaßnahmen reichten bald nicht mehr aus. Massengräber wurden ausgehoben. Man erließ allgemeine Ausgangsbeschränkungen. Es war die einzige Möglichkeit. Allerdings wurde dadurch die Produktion unterbrochen. Die Wirtschaft brach zusammen. Viele Waren wurden knapp. Hamsterkäufe waren die Folge. Diese wiederum führten dazu, dass die Waren noch knapper wurden. Ein sich selbst verstärkender Mechanismus. Die Menschen horteten Lebensmittel und versteckten sich in ihren Häusern. Die öffentliche Ordnung kam zum Erliegen. Plünderungen griffen um sich, die Polizei war praktisch nicht mehr vorhanden.

Urs und Lea blieben nicht zu Haus. Sie wählten einen anderen Weg und gingen mit ihren Familien in den Wald. Dort hielten sie sich auf. Dafür hatten sie sich eine Sondergenehmigung besorgt, als es noch staatliche Institutionen gab. Sie würden ohne Kontakt zu anderen Menschen bleiben und der Wald würde sie schützen. Tatsächlich blieben sie von dem Virus verschont.

Urs begann schon, für die Zeit nach der Pandemie zu planen. Im Traum sprach er mit dem Wald über seine Pläne. Es handelte sich bei dieser sonderbaren Kommunikation nicht um ein übernatürliches Phänomen. Vielmehr war Urs so intensiv mit dem Wald verbunden, dass sein Unterbewusstsein mit dem Wald parallelgeschaltet war. Die Träume seines Unterbewusstseins ähnelten dem, was die Interessen des Waldes nahelegten. Das verborgene Wissen des Waldes offenbarte sich ihm und konnte von ihm entschlüsselt werden.

Auch viele Menschen in ihren Häusern überlebten. Was sich aber nicht verhindern ließ: Die gesellschaftlichen Strukturen wurden zerstört. Damit endeten naturgemäß auch die Angriffe auf den Wald. Ein weiterer Effekt zeigte sich darin, dass die nachlassende menschliche Aktivität zu einem Rückgang der Kohlendioxid-Emissionen führte. Das Klima würde auf Dauer davon profitieren.

Man könnte sagen: Die Entwicklung war gleichzeitig schlecht für die Menschheit und gut für die Natur. Schade, dass es so sein musste. Wie schön wäre es, wenn die Existenz der Menschheit gut für die Natur wäre! Vielleicht würde das eines Tages gelingen.

Nun aber stand tatsächlich die Menschheit erst einmal kurz vor ihrem Ende. Das jedoch war nicht das Ziel des Waldes gewesen. Er brach die Aktion ab und verschonte den Rest der Menschheit, indem er das Virus mutieren ließ, so dass es ungefährlich für den Menschen wurde. Die Bedrohung verwand so schnell, wie sie gekommen war. Nur war die Welt jetzt eine andere.

Die dezimierte Menschheit schien nun von ihrer Dummheit geheilt zu sein. Langsam fuhren die Menschen so etwas wie eine Wirtschaft wieder hoch, um sich mit dem Nötigsten zu versorgen. Die alten staatlichen Strukturen wurden nicht ganz wiederbelebt. Ein weiterer Schritt auf eine neue Gesellschaftsform hin wurde getan, mehr Basisdemokratie eingeführt. Die kleinen Grüppchenbildung der Menschen begünstigten diese Strukturen. Die Menschen trafen sich zu Versammlungen im Wald

und traten in eine neue Symbiose mit dem
Wald ein.

Die Genforschungen hatten in der Zwischenzeit Fortschritte gemacht. Die zukünf-
tigen Menschen würden widerstandsfähiger und einsichtiger sein als ihre Vorfah-
ren. Keiner hätte sich träumen lassen, dass
das möglich wäre. Und es handelte sich
nicht nur um eine biologische Verände-
rung. Vielmehr hatte sich das Verhalten des
ganzen Kollektivs der Menschheit geändert. So etwas lässt sich nicht bewusst steuern, es muss im kollektiven Unterbewusstsein der Menschheit reifen. Das Unterbewusstsein der Menschen hatte sich mit dem
Wald verbunden und dieser Einfluss hatte
den Wandel herbeigeführt.

Der Wandel des Waldes

Nachdem der Mensch nun also widerstandsfähiger gemacht worden war, versuchte man dasselbe mit dem Wald. Es wurden Baumarten gezüchtet, die stärkere Schwankungen im Wasserhaushalt noch besser verkraften konnten als die weithin verbreiteten. Es zeigte sich jedoch, dass der Wald sich selbst viel besser selbst regulieren konnte. Dort, wo man ihn in Ruhe gelassen hatte, war er besser mit dem Klimawandel zurechtgekommen als dort, wo die Menschen an ihm herumgepfuscht hatten.

Man musste auf den Wald eingehen, statt ihn zu bevormunden. Eine Symbiose von Mensch und Wald käme als Möglichkeit in Frage und wurde angestrebt. Jeder Mensch suchte sich einen Baum im Wald aus, mit dem er eine Partnerschaft einging. Der Mensch sorgte für den Baum, der Baum für den Menschen. Ja, das war möglich: Die Bäume hatten eine Art Schwarmintelligenz entwickelt, die mit einer Empathie der einzelnen Pflanzen einherging. Die kommunikativen Fähigkeiten der Bäume hatten sich soweit weiterentwickelt, dass der Baum in der Lage war, seinem menschlichen Partner Trost und Beruhigung zu spenden. Der Mensch wiederum hatte die Fähigkeit entwickelt, diese Signale zu empfangen.

Der Wald hatte sich jetzt über die ganze Welt verbreitet und führte ein Eigenleben, das mit dem der Menschheit verwoben war. Der Wald schützte die Menschen und die Menschen schützten den Wald. Da, wo Wasserflächen den Wald unterbrachen, errichteten die Menschen schwimmende Waldinseln, die zwischen den Ufern hin- und herpendelten.

Hatte die Insel auf der einen Seite angelegt, wuchs der Wald von der Insel aufs Land und umgekehrt. Es dauerte seine Zeit, bis die Waldteile sich ausgetauscht hatten, aber Zeit hatte der Wald genug. Jeweils ein Waldversteher, von denen es inzwischen viele gab, beobachtete die Vereinigung und bekam mit, wenn es genug war. Dann lotste er die schwimmende Insel wieder auf die andere Seite.

Tatsächlich verlangsamte sich sogar der globale Temperaturanstieg – erstmalig nach langer Zeit. Sollte der Klimawandel doch noch aufzuhalten sein? Das weltweite Artensterben konnte ebenfalls noch gestoppt zu werden. Unzählige Tierreservate und Naturschutzgebiete entstanden. Die ganze Natur schien ineinanderzugreifen und der Menschheit einen Weg ebnen zu wollen. Die Vermüllung der Welt durch den Menschen kam zu einem Ende. Nicht nur die Wälder waren ja vermüllt worden, auch die Weltmeere waren mit Plastik verseucht und der erdnahe Weltraum mit Weltraumschrott angefüllt worden. Überall, wo der Mensch hingekommen war, hinterließ er Müll. Jetzt endlich begriff man, dass in einem geschlossenen System wie der Erde jeder Schaden, den man seiner Umwelt zufügte, zu einem selbst zurückkehrte. Eine neue Zeit brach an: Der Mensch hörte auf die Natur und die Natur half dem Menschen.

Die Wälder wurden nicht mehr von Autobahnen durchschnitten. Sie waren zurückgebaut worden. Man hatte gelernt, dass keiner so furchtbar wichtig war, dass er überall physisch dabei sein musste. Man ging es ruhiger an, entschleunigte das Leben. Wenn man wirklich größere Entfernungen zurücklegen wollte, bat man den Wald um Hilfe. Man bastelte Tragen aus Ästen und Reisig, auf die man sich setzte. Die Tiere des Waldes trugen dieses Gestell dorthin, wohin man wollte. Sie liefen oder flogen schnell und lösten sich auf der Strecke ab. Man war nicht so schnell unterwegs wie mit einem Flugzeug, aber schnell genug.

Mittlerweile hatte auch die Entwicklung der künstlichen Intelligenz Fortschritte gemacht. Nicht nur im privaten Bereich und in den sozialen Medien fand sie breite Anwendungsbereiche, auch auf Regierungsebene. Hier erfüllte sie allerdings vorläufig nur beratende Funktionen. So weit, dass man den Computern Handlungsvollmacht gegeben hätte, reichte das Vertrauen der Menschen in die Maschinen dann doch noch nicht.

Was man aber tat, war, dass man die Computer mit der Natur vernetzte. Es gab überall in der Natur Sensoren, die zum gemeinsamen Wohl von Mensch und Natur alle Änderungen registrieren sollten. Deren Daten wurden gesammelt und verarbeitet. Der Computer entwickelte ein tiefes Verständnis für die Natur.

Es entstand eine neue Symbiose zwischen Natur und Computer: sozusagen eine intelligente Natur. Nur der Mensch störte noch.

Eine naheliegende Frage wäre nämlich gewesen, welchen Nutzen der Mensch für die Natur denn hätte, und sicher hatte die künstliche Intelligenz diese Frage durchgespielt. Die intelligente Natur indes dachte nicht in dieser Weise: Sie gewährte jedem ein Recht zu leben, egal wie scheinbar unnütz oder gar schädlich eine Lebensform war. Für die Natur war der Mensch ein Teil von ihr. Was für ein Glück für die Menschen!

Der Mensch seinerseits hatte gelernt, sich in die Natur einzufügen. Immer weiter wurde der Kontakt zwischen Menschen und Computern intensiviert. Es gab Menschen wie Urs, die die Interessen der Natur vertraten und einen neuronalen Zugang zu den Computern herstellen konnten. Somit wurden die Menschen Teil dieser großartigen Symbiose zwischen Natur und Computern.

Nicht zuletzt dadurch, dass die Menschen die Programmierung der Computer zum großen Teil noch kontrollierten, wurde gesichert, dass die Menschheit nicht einfach als das größte Problem der Natur klassifiziert und abgeschafft wurde. Und zu Recht. Die Menschheit hatte sich inzwischen geändert, begann, die Sünden der Vergangenheit zu bereuen und wiedergutzumachen. Sie hatte immer noch das Sagen, allerdings in kontrollierter Weise. Die Interessen der Menschheit wurden als vorrangig behandelt, wobei aber eben berücksichtigt wurde, dass es eine Zukunft für die Menschheit nur in einer intakten Natur geben kann.

Ein tieferes Verständnis für die Natur entstand, getragen nicht nur von Einsicht, sondern auch von Gefühlen für die Natur,

die sich jetzt stärker entwickelten als je zu-
vor. Jedes Lebewesen wurde wichtig genommen. So auch die Delfine.

Die Delfine

Jahrzehntelang hatte das Militär geheime Forschungen zur Züchtung intelligenter Delfine betrieben. Diese Anstrengungen trugen nun Früchte. Die bislang letzte Generation der Delfine hatte einen mittleren IQ, der den der Menschen deutlich überstieg. Man konnte aus moralischen Gründen diese Tiere nicht länger gefangen halten, gab die Geheimhaltung auf und entließ sie in den Ozean, wo sie sich vermehrten. Man hielt den Kontakt und einigte sich mit ihnen, die bisherigen barbarischen Methoden der Hochseefischerei durch zivilisiertere Varianten zu ersetzen und insbesondere die Delfine zu schützen.

Die Delfine wurden Teil der globalen Symbiose zwischen Mensch und Natur. Da sie weitaus friedlicher waren als die Menschen, gab es keine Konflikte mit ihnen. Im Gegenteil wurde ein reger geistiger Kontakt gepflegt. Die Delfine interessierten sich weniger für Wissenschaft als für empathische Fähigkeiten. Sie entwickelten Wege der Kommunikation, die schon fast der Telepathie glichen.

Urs und Lea gehörten zu den Menschen, die auf diese Weise mit den Delphinen kommunizieren konnten. Sie, die für lange Zeit allein im Wald ohne jegliche verbale Kommunikation auskommen konnten und das auch immer wieder taten, verstanden sich gut mit den Tieren. Sie fuhren nach Italien und trafen sich im Mittelmeer mit zahlreichen Delfinen. Mit Hilfe von Technikern erarbeiteten sie Wege, sich über Gehirnströme über große Entfernungen zu verständigen. Gern halfen sie anderen dabei, es ihnen gleichzutun, und diese Fähigkeit breitete sich aus. Die Menschen konnten viel von den Delphinen lernen.

Gemeinsam erarbeiteten sie Modelle für das Zusammenleben von Menschen und Delphinen, die Urs dann den regierenden Instanzen vortrug.

Die Delfine taten das im Meer, was der Wald an Land tat: Sie halfen den Menschen, im Einklang mit der Natur zu leben. Die sterbenden Korallenriffe wurden geschützt, die Sauberkeit des Meerwassers

wurde überwacht, die Überfischung gestoppt, Walfang ganz verboten. Langsam
erholten sich die Weltmeere und halfen
mit, den Klimawandel einzudämmen. Das
Plankton band Kohlendioxid und erzeugte
Sauerstoff. Die Fischbestände erholten sich
und erlaubten eine nachhaltige Bewirt-
schaftung.

Der Wald herrscht

Der Wald bekam eine geradezu mythische Bedeutung. Wie bei den Germanen entstanden Baumkulte, nur dass man nicht zu Wotan und Thor betete. Jeder verehrte seine eigene Gottheit und die Gottheiten sprachen durch den Wald. Man betrachtete den Wald als etwas Heiliges. Der Wald wurde um Rat gefragt. Es gab die verschiedensten Orakel, durch die er sprechen konnte. Die umfassende Vernetzung durch die globale Symbiose ermöglichte ein umfassendes Wissen über die Welt, das sogar Vorhersagen ermöglichte. Der Glaube spielte eine große Rolle dabei.

Alles befand sich unter Kontrolle der Weltesche, nach der nordischen Mythologie Yggdrasil genannt. Die Herrschaft ging indes nicht nur von diesem einen Baum aus. Es gab viele vergleichbare Bäume dieser Art, die miteinander vernetzt waren.

Diese Weltenbäume herrschten gut, gesteuert vom kollektiven Willen der Menschheit und der Pflanzen. Bewusste Gedanken der Menschen flossen ein, ebenso wie organische Entwicklungen der Pflanzen. Gewaltig waren die Fähigkeiten dieser Bäume, steuerten sie doch auch all die technologischen Errungenschaften der Menschen und verbesserten sie.

Die Welt war ein Waldplanet geworden.